新潮文庫

池波正太郎の食卓

佐藤隆介
近藤文夫　著
茂出木雅章

7398

目次

和食編

洋食編

写真　田村邦男（新潮社写真部）
協力　池波豊子／暮らしのうつわ　花田

和食編

佐藤隆介　文
近藤文夫　料理

卯月

屋台から出世して、いまや
〝TEMPURA〟は国際語。

何日間か旅に出て、東京へ帰り着いた途端に猛然と食いたくなる……というものがある。鮨《すし》、蕎麦《そば》、天ぷら、泥鰌《どじょう》。こういう食いものは、私にとっては、やっぱり東京が一番だ。

新幹線で東京駅へ着き、階段を降りながら（晩飯はどこにしようか……）。考えようとした瞬間、池波正太郎の声が聞こえた。

「いま、山の上にいるんだ。よかったら、きみも来いよ」

むろん、気のせいであって、聞こえたような気がしただけのことである。しかし、天ぷらか、悪くないなァと思い、駿河台《するがだい》の「山の上ホテル」へタクシーを飛ばした。たちまち頭の中は天ぷら一色。車を降りる前から生つばが湧《わ》いてきた。

荷物をクロークへ預けるのももどかしく、ボストンバッグを提げたまま「天ぷら 山の上」へ駆け込むと、長いカウンターの一番奥の端に池波正太郎その人がいた。テレパシイは実在する……と、あのとき思ったものだ。

私が初めて「山の上」の天ぷらを知ったのは大学を出てすぐの、昭和三十五年かその翌年あたりのこと。コピーライターとして勤めた博報堂が神田錦町《にしきちょう》にあり、仕事が終わると毎日のように「山の上ホテル」のバーへ通っていた。オーシャンウイスキーの広告担当としては、とにかくせっせと洋酒の勉強をしなければならぬ……これが大義名分だった。

その頃、「山の上」は本館の外に木造平屋建ての小さな離れ家があって、そこが天ぷらハウスだった。薄給の新入社員には自前で天ぷらのフルコースを食べることなど思いもよらず、

「あそこは和食堂を兼ねていて、朝飯がうまい。豆腐の揚出しがいいぞ」

と、先輩に聞かされ、給料日の翌朝、さっそく出社前に立ち寄ってそれを食べたぐらいが関の山。いまにして思えば、当時の「天ぷら 山の上」は多分、親方が石倉楫士《しゅうじ》（現・赤坂「楽亭」主人）の時代で、その下にいまをときめく〝銀座の典座《てんぞ》〟近藤文夫がいたことになる。

私が「天ぷらは山の上」と決め込んで駿河台通いをするようになったのは、三十代の半ばを過ぎてからで、もう離れ家はなくなり、本館内に移った「天ぷら 山の上」で近藤文夫が親方になっていた。だから私は天ぷらの味を近藤文夫によって教えられたといってよい。

食べても食べてもあとを引き、昼に身動きもならぬほど食べても、夕方になるとちゃんと腹が空《す》いてくる……そういう天ぷらは私には「山の上」が初めてだった。何しろ学生時代に食べつけていたのは新宿西口のナントカ横丁にあった定食屋の天丼で、一杯五

十円。山盛りの飯に乗っているのは一年中いつでも鰺《あじ》の天ぷらだった。

朝から晩まで大鍋《おおなべ》に油が煮えたぎってい、減ったら減った分だけ油を足し、いつから使い続けているかわからないという代物《しろもの》。当然、油は真っ黒。食べた日は後で必ず油特有のゲップが出た。天ぷらとはそういうものだと思い込んでいた。しかし、あんなに安くてうまくて満足感のある天丼はなかった。

つい先日、仕事の都合で銀座の某天ぷら専門店に入り、「天丼四千五百円」に肝をつぶした。この有名店には亡師とも何度か入ったことがある。自分で勘定を払ったことがないから、そんなに高い店とは知らなかった。

池波正太郎が最も気に入っていた天ぷら屋は、室町の「はやし」だった。むろん、若い頃から通いつけていた浅草の「中清」、銀座の「天金」、新橋の「橋善」などは別として、私が荏原《えばら》へ出入りしていた頃はということである。『散歩のとき何か食べたくなって』の一節に、こうある。

――この店には、油の匂《にお》いがしない。

よほどに、よい油を、しかも惜しみなく使っているのだろう。

腹いっぱいに食べて帰宅し、四、五時間もすると、また、腹が空いてくるのだ。

「てんぷら近藤」にて。筆者と料理人。

きょうは暑い。

外へ出てから何処《どこ》で夕飯をすませようかと、しばらく悩む。（中略）

結局、〔山の上ホテル〕の天ぷら〔山の上〕へ行く。

調理主任の近藤文夫君が、

「きょうは、鯒《こち》のいいのが入りました」

「じゃあ、薄く、やってもらおうかな」

新鮮な鯒の薄造りに、カマの塩焼き。

酒を二本のんで、あとは天丼にする。

『池波正太郎の銀座日記』〔全〕より

仕事場で一杯やっていた愛用のぐいのみ。

「揚げるそばから食べる……」
のでなかったら、
てんぷら屋なんかに行かないほうがいい。
そうでないと職人が困っちゃうんだよ。
だから、てんぷら屋に行くときは腹をすかして行って、
親の敵にでも会ったように揚げるそばから
かぶりつくようにして食べていかなきゃ、
てんぷら屋のおやじは喜ばないんだよ。
『男の作法』より

いささかも、モタれない。——

私が「天ぷらは山の上が日本一です」と息巻くたびに、池波正太郎は笑っていた。そして、「きみがそう思うなら、そう書けばいいが、必ず〝私にとっては〟という一句を入れるのを忘れるなよ」。

その池波正太郎が、晩年、山の上ホテルを仕事場とするようになってからは、すっかり「天ぷら 山の上」贔屓《びいき》になり、私はもう旗持ちをする必要がなくなった。

近藤文夫が独立し、銀座に「てんぷら近藤」を開いてからは、どうも不便でしかたがない。「山の上」時代は予約なしでいつでも行けた。いまは二カ月も前から予約しなければ食べられない。定員わずか十人か十二人の小さな店だから予約制もやむを得ないが、早くもっと大きい店にしてもらいたいものである。ふらっと立ち寄って天丼が食べられるコーナーも作ってもらえればありがたい。

天ぷらは元来、大道屋台で庶民のつまみ食いに始まったものである。「火事と喧嘩《けんか》は江戸の華」で、江戸時代は何より火事が怖かったから、出火の危険性が高い煮炊《にた》きの小商いは屋外と決められていた。即《すなわ》ち屋台である。その現物を見たければ江東区「深川江戸資料館」にある。そこには江戸が息づいている。

立ち食いに便利なように竹串に刺した屋台の天ぷらは、大工、左官、鳶《とび》職、あるいは商店の奉公人たちが相手だった。天ぷらの屋台に首突っこんでるようじゃ出世しないぞと、昔の小僧は番頭さんに見つかると叱《しか》られたそうである。たまには食いしん坊の侍も立ち寄ったらしいが、下賤《げせん》の立ち食いだけに身をはばかって、頬かぶりをしていたそうな。

それがいまやTEMPURAは日本の食文化を代表する国際的料理だ。慶賀の至りではあるが、近頃、天ぷらはいささか高級料理になり過ぎている観もある。庶民のためにいつでも気楽に入れる天ぷら屋もなくては困る。そうはいっても冷凍物や養殖物を使わないとなったら、魚介の値段が値段。それを考えたら、鮨屋よりまだしも天ぷら屋のほうが良心的か。

今月、「池波正太郎の食卓」に銀座の典座が用意したのは、天丼、赤出汁《あかだし》、それに近藤文夫ならではの変わり天ぷら二種だった。何と「アボカドのあんきも詰め」と「ズッキーニの生湯葉射込み」である。

「いつまでも江戸前だ、昔の味だと、そればかりに拘《こだわ》っていちゃ進歩がないからね。日本料理だって時代に合わせて進歩して行かないとね。日本人の食卓に上がる食材全体がすっかりグローバルになっているんだから……」

そういう銀座の典座の柔軟な発想に私は脱帽した。それが単に奇をてらった思いつきではなく、見事に日本料理の一品として昇華されていたのが凄《すご》い。

私にはことにズッキーニの生湯葉射込みがよかった。これは直ちに「てんぷら近藤」

の新しい目玉商品になり得る。いままで近藤名物は厚さが二寸近くもある薩摩芋の天ぷらだった。石焼き芋のホクホク感を達成するまでに一年かかったという。しかし、それがどんなに美味であろうと、私は決して注文しない。芋は子供の頃に、米の代わりに一生の分をもう食べた。

「ズッキーニを揚げるだけなら、だれでもできる。それじゃプロの料理にならない。もうひとひねり……それは組ませる相手次第なんだけれども、ズッキーニも一種の瓜《うり》で、瓜というやつは相手が難しいんだ。ああでもない、こうでもないと相手を考え続けて、生湯葉にたどりつくまでに三年かかったよ」

と、近藤文夫はいった。

イタリア料理で食べるズッキーニは大してうまいと思ったことはないが、生湯葉射込みの天ぷらは、見た目のすっきりした美しさといい、味といい、間然する所のない絶品である。「新しいご馳走《ちそう》は、人類の幸福にとって、新しい天体の発見にも勝る」というようなことを、かの美食家ブリア・サヴァランがいっている。これぞまさしく天ぷらの新星発見といってよい快挙だろう。

池波正太郎が惚《ほ》れ込んだ天ぷら職人はこれを考え出すまでに三年かかったというが、実際に揚げたのはこの日が初めてというから驚く。寝ても覚めても頭の中で考え続け、何十何百という組み合わせを一つ一つ消去していったそうである。

アボカドのあんきも詰め

材料●アボカド（固めのものを用意）、あんこうの肝、醤油、砂糖

❶アボカドは大きな種に沿って縦に庖丁を入れ二つに割る。種を取り除き、皮を剝く。

❷醤油と砂糖少々で煮たあんきもを種の代りに❶に詰める。実を元通り一つに合わせてラップにくるんできゅっと絞る。

❸ラップをはずし、まるごと小麦粉をまぶし、衣をからめて170〜175℃の油で揚げる。

基本の衣の作り方

500ccの水に全卵を溶く。これを同量の小麦粉と合せて衣にするのが近藤流。

天丼

材料●海老、きす、獅子唐、たらの芽、小柱、三つ葉、ご飯、丼つゆ

❶かき揚げの材料の小柱と刻んだ三つ葉をボウルに入れ、小麦粉をまぶす。基本の衣より、やや軽めの衣をからめる。

❷❶を穴杓子で180℃の油の隅に落とす。形を整えてからさらにもうひとすくいかける。周囲が固まってきたら裏に返す。

❸表面に火が通ったところで火を弱め再び返し、ここから泡が小さくなり全体が軽くなるまでゆっくりと揚げる。

❹海老、きす、獅子唐、たらの芽も小麦粉をまぶし、基本の衣をからめる。海老ときすは180℃、野菜は175℃の油で揚げる。

❺揚げたての天ぷらを丼つゆにくぐらせ、丼のご飯にのせて出来上がり。

丼つゆの作り方

みりん、酒、水、醤油を2：5：3：3の割で用意する。みりんと酒を鍋で煮切り、鰹節ひと握りと水を加えて再び煮立てる。最後に醤油を加えて、ぐらっと煮立ったところで火を止める。

赤出汁

材料●しじみ、桜味噌、八丁味噌、昆布

❶桜味噌と八丁味噌を8：2の割で合わせ、少量の水で溶き、裏漉ししておく。

❷鍋に昆布、水、しじみを入れて火にかけ、沸いたら昆布を取り出す。

❸❶の合わせ味噌を適量溶き入れ、ひと煮立ちしたら火を止める。

ズッキーニの生湯葉射込み

材料●ズッキーニ、生湯葉

❶ズッキーニはヘタを取って芯をくりぬき、中に生湯葉を詰める。

❷厚さ3センチに切り分け、小麦粉をまぶす。衣をからめて170〜175℃の油で揚げる。

「考えただけで、実際に揚げてみるまでもなく、結果がわかるの？」

「そりゃ、わかりますよ」

「これ、出したら、お客が目をみはりますね」

「ただ食べてうまいだけじゃだめでね。見た瞬間の驚き、わァきれい……それがなくちゃ料理とはいえませんからね」

この日、私は、かき揚げによる天ぷら職人の腕の見分け方を教わった。小柱と三つ葉のかき揚げは、これがうまく揚がれば天ぷら卒業といわれるほど難しいものである。厚みがあるから、つい裏を刺して中まで熱を入れようとする職人が多い。だが、「そんなことしたら油が入っちゃって小柱の風味が台なし」と、近藤文夫はいった。これからは、かき揚げを見たら、裏に刺した穴があるかないかを確かめるとしよう。

皐月

鰹《かつお》の食い方で
男の器量が知れる。

初鰹をどう料理するか。

原稿の締切りが明日か明後日かというときに、「剣客商売」シリーズ最終巻の新潮文庫『浮沈』が届き、結局は原稿そっちのけで全部読んでしまった。これが池波正太郎の小説の困るところだ。この一冊で終わらなくて、つい最初の一巻を取り出し「女武芸者」を読み始めると、また「御老中毒殺」まで止まらない。これが困るのである。

そうこうしているうちに時間だけがどんどん勝手に流れて消える。もう彼岸か、いよいよ花見酒だな……と思う間もなく桜は散って、あっという間に薫風《くんぷう》の候と挨拶《あいさつ》の文句が変わる。小兵衛《こへえ》でなくても思うことは同じだ。

「矢のごとき光陰……まことに早いものよ」

皐月《さつき》。「目には青葉」はいいが初鰹《はつがつお》しかこ

の月の口福はないのか。確かにこれといった海の恵みが他にないからしようがないのかも知れないが、どこへ行っても「初鰹」「初鰹あります」では食傷せざるを得ない。

魯山人《ろさんじん》は秋の下り鰹に軍配を挙げて、初鰹は味より姿かたちに江戸っ子が惚《ほ》れ込んだ結果だろうといっている。私も基本的には魯山人説で、初鰹なしでも一向に痛痒《つうよう》を感じないが、下り鰹は何が何でも食わなくてはおさまらない。本郷真砂町《まさごちょう》の生まれだが疎開《そかい》児童でずっとそのまま越後《えちご》の雪の中で育ったから、わが旗印は〝越後人〟。もともと鰹とは無縁の育ちだ。

だから〝江戸っ子〟に対してはつねに憧《あこが》れと反撥《はんぱつ》がないまぜになって私の中にくすぶっている。「……鰹の刺身ほど、初夏の匂《にお》いを運んでくれる魚はない」「秋の鰹もいいという人もいるが、何といっても東京に住む者にとっては、初夏の魚《うお》だ」と、池波正太郎は『味と映画の歳時記』で断言しているが、越後人としては「そういうものですか……」と呟《つぶや》くばかりだ。

むろん、初鰹がうまくないとはいっていない。うまいと思うことも時にはある。山葵《わさび》や生姜《しょうが》でなく、うんと辛子《からし》をきかせた醬油《しょうゆ》で刺身を食うのは悪くない。

伊豆下田の「味菜《あじさい》」という小料理屋が創案した「鰹と大根のサンドイッチ」は絶品だった。刺身と薄切り大根を土佐醬油に漬けておき、これを交互に数段重ねたもので、薬味はカリカリに揚げたにんにくである。

数年前に覚えて以来、この鰹大根サンドイッチはわが雑文製造処・鉢山亭《はちやまてい》の定番になっている（私事ながら、「佐藤斎藤犬のナントカ」で、私の姓は姓の意味をなさない。ずっと鉢山なるところに住み暮らしていたので、電話をするときは必ずアタマに「鉢山の……」をつけることになる。面倒臭いから鉢山亭を屋号にして二十数年たつ）。刺身やタタキでは酒しか合わないが、これなら安い白ワインをよく冷やしたのでも合う。亡師が聞いたら「きみ、東京の男はそんなもの食べないよ、本当にうまいのかね」と、老眼鏡の縁越しにジロリと睨《にら》むに違いない。

亡師池波正太郎との初めての出会いがいつだったか、もう正確な年は覚えていない。昭和四十五、六年だったろう。その頃、私は小さな雑誌の編集に携わっていて、まったく売れない雑誌に何とかして金看板になるような大物作家を引っぱり出せ、と編集長に命じられていた。『食卓の情景』を全文暗記するほど愛読していた私は迷うことなく池波正太郎に白羽の矢を立て、さっそく手紙を書いた。実をいうと読む小説はそれまで翻訳物のハードボイルド専門で、時代小説というものは一冊も読んだことがない。そのことも正直に書いた。

初めて荏原《えばら》の池波邸を訪ねたのが四月十一日であったことだけは不思議に覚えている。池波邸に向かう小径《こみち》が桜の花で敷きつめられていた。「きみの手紙がちょっと面白かったからね。それで会ってみようという気になった」と、のっけにいわれたのも覚えている。あとは何一つ記憶にない。一時間ほどのインタビューを終えて帰宅したとき、ワイシャツがしぼれるぐらい冷や汗に濡《ぬ》れ尽くしていたものだ。

その日をきっかけに、それから十年間、私はいわば「通いの書生」のような立場で勉強をさせてもらった。そして、ちょうど十年目の元日に最後の挨拶をし、以後、荏原とは縁が切れた。いつかその理由を書く日があるかも知れないし、ないかも知れない。肝《かん》腎《じん》の池波正太郎が急逝してしまったから、もうどうでもよいことだ。

しかし、一つだけ亡師に文句をいいたいことがある。秋山小兵衛が九十三歳まで長寿を保つように、池波正太郎もまた少なくともそのくらいの齢《とし》まで生きているはずだった。しかも、「お前が死んだら葬儀委員長はおれが引き受けてやる」という約束だった。いずれあの世で再会したら「先生、約束が違うじゃありませんか」と、これだけはいうつもりだ。

「それじゃ、ともあれ浅草へお墓参りに行って、そこで文句をいったらどうです……」

と、西光寺へ私を連れ出したのは田村邦男である。人見知りのはげしい池波正太郎が、この男ならいいと気を許した数少ない人間の一人だ。

新潮社写真部でいまは古狸《ふるだぬき》の田の字がまだ駆出しの頃、大先輩の池波番編集者（特に名を秘す）に「代わりに荏原へ行ってきて。おねがい」と懇願され、敵がどんなに怖い人かも知らずにホイホイ出かけて行った。「その日、約束の時間ドンピシャリに玄関のベルを押したのがよかったんだな」と、ご当人はいう。

地下鉄田原町《たわらまち》駅で落ち合うと、田の字は小さな花束を手にしていた。そういう人柄が気に入られたに違いない。私は敢《あえ》て手ぶらだった。こういう性格は死ぬまで直りそうもない。

西光寺は田原町の駅から歩いて数分のところにある。前を通っても寺とは気付かずに素通りしてしまうような建物で、墓地も狭い。池波家代々之墓も小さい。墓と墓の間は墓参の客がすれ違えないほど狭い。何年振りかでその墓の前に立って思った。

「これが池波正太郎流なんだよなあ……」

あれほど売れに売れた大作家で毎年長者番付に名前が出た人だ。墓を立派に造りかえるなどわけもないことだった。生きているうちから平気で自分の記念館を建てる野球選手や俳優さえいる。そういうご時世に池波正太郎は愛想が尽きたのか。

墓参のあと浅草寺《せんそうじ》の観音様に詣《もう》で、(田の字と組んで始めた仕事が何とかうまくいきますように……）と祈願したが、どうも御利益《ごりやく》はなかったようだ。亡師の浅草散歩によく出てくる洋菓子喫茶「アンヂェラス」で珈琲《コーヒー》を飲んだ所まではよかったが、蕎麦《そば》屋で一杯と思ったら並木の「藪《やぶ》」が休み。ならばと洋食の「ヨシカミ」へ回ると、こちらも本日休業。

「鉢山亭はよほど日頃の精進が悪いか、それとも池波先生が腹を立てているか……」と、

生鰹節《なまり》は鰹節にするときの未乾燥品だが、
これを野菜と煮合わせたり、
ことに割いたのを胡瓜《きゅうり》や瓜《うり》と合わせて
甘酢をかけまわしたものは、私の大好物だ。
これは、東京の下町に住み暮す人びとの
なつかしい惣菜《そうざい》でもあった。
鰹のタタキも悪くはないが、私には、やはり刺身がよい。
そしてまた、鰹の刺身ほど、
初夏の匂いを運んでくれる魚はない。

『味と映画の歳時記』より

そのころの、目黒の碑文谷《ひもんや》というと、
まったくの田園地帯であり、
筍《たけのこ》が名物だけあって、竹藪《たけやぶ》も多かった。（中略）
目黒不動へ参詣《さんけい》する人びとの間では、
「亀田屋《かめだや》の筍飯も、菜飯もうまい」という評判だ。
しかし、そうした人びとは、亀田屋の女主人《あるじ》の亭主が、
江戸の暗黒街ではそれと知られた
香具師《やし》の元締だとは考えてもみない。

剣客商売『暗殺者／蘭《らん》の間《ま》・隠し部屋』より

田の字が呆《あき》れたようにいった。しばらく思案した末に合羽橋《かっぱばし》の「飯田屋」へ行くと、今度は何と店舗改築中だ。工事現場に置かれた案内板で仮店舗の位置を知り、ようやくたどりついてやっと昼飯にありついた。蒲焼《かばやき》（むろん鰻《うなぎ》でなく泥鰌《どぜう》のそれ）、丸鍋《まるなべ》、ヌキ（骨抜き）鍋と泥鰌に堪能《たんのう》し、昼酒をしこたま飲んだ挙句、最後は漬物と飯と泥鰌汁をもらって行儀の悪いぶっかけ飯だ。これをやらなくては飯田屋へ行った意味がない。

別の日。銀座の「てんぷら近藤」で近藤文夫が「池波正太郎の食卓」を再現し、田の字がその一部始終を大童《おおわらわ》で撮影するのを見た。今月の主役はむろん初鰹である。傍役《わきやく》が筍《たけのこ》だ。これを近藤文夫がどう料理してみせるか。越後人は興味津津《しんしん》だった。

店の看板は池波正太郎の書だ。この料理人が駿河台《するがだい》の「山の上ホテル」にいた時代から、亡師は近藤文夫のてんぷらをひいきにしていた。「あそこのてんぷらは、昼間思いきり食べても夜になると腹が空《す》いてくるのがいい」というのが口ぐせのほめ言葉だった。

本業はてんぷら職人だが、山の上ホテルで長く和食全体の料理長をつとめただけに、近藤文夫の日本料理に対する造詣《ぞうけい》は並々のものではない。それは、『浮沈』とともに新潮文庫の一冊になった『剣客商売　庖丁《ほうちょう》ごよみ』を見ればよくわかる。ただの料理人というより禅寺の典座《てんぞ》を思わせる男で、己れの仕事に命をかけているようなところがある。

たとえば、筍田楽の木ノ芽味噌《みそ》に多くの料理人が青寄せを使うが、「本当の味と香りを大切にしようと思ったら、青寄せなんて邪道です」と、近藤文夫は切り捨てる。「筍と生海苔《なまのり》の和《あ》えもの」は、本来は「逃げる人」(『十番斬《ぎ》り』)に「生海苔をあしらった搔《か》き平目」とあるのをヒントに、銀座の典座が創作した一品だ。

たいてい撮影済みの料理は食べて食べられないことはないが、もううまくはない。写真に味を奪《と》られてしまうらしいのだ。しかし、もったいないからと全部もらって大急ぎで家に帰り、さっそくこれを肴《さかな》に一杯やったが、思わず居ずまいを正すほどの美味だった。とりわけ、近藤流《ア・ラ・コンドー》の鰹飯は何としてもわが鉢山亭のもてなし料理に加えたい。皐月、薫風の酒宴でしめくくりにこれを出したら、酒敵は全員最敬礼するだろう。

皐月

筍田楽

材料●筍、いり糠、白味噌、木ノ芽、卵黄、みりん

❶筍は皮つきのまま根もとと先端に切れ目を入れる。いり糠を入れた鍋で茹でてそのまま冷まし、皮を剝く。

❷先端を切り落す。根もとの甘皮は庖丁の背で丁寧に取り、一口大に切って、改めて軽く湯がく。

❸火にかけた鍋に白味噌を入れ、みりんでのばす。火を止め卵黄を加え、艶が出るまでよく練る。

❹擂鉢に木ノ芽の葉の部分だけを取ってよく擂り、香りを出す。味噌を少しずつ、擂り合わせる。

❺筍に金串を打ち軽くあぶる。木ノ芽味噌をのせて、表裏とも薄く焦げ目がつくまでよくあぶる。

生鰹節ときゅうりの三杯酢

材料●鰹、きゅうり、三杯酢、生姜、塩少々

❶鰹は三枚に下ろして、血合いのついたまま、身を細長く二つに切る。中骨の部分は鰹飯に使う。

❷表裏に軽く塩を振り、布巾で巻いて、蒸し器でしっかりと蒸す。

❸きゅうりは小口切りにして塩を振り強くはもまず、軽く和える程度に。水気を絞ってから器に盛る。

❹鰹は手で縦に割いて、きゅうりに添えるようにして盛る。針生姜をのせ、三杯酢を回しかける。

三杯酢の作り方

醤油、酢、みりんを3：5：5の割合で用意する。鍋でみりんを煮切り、昆布を入れる。酢を合わせ、沸騰したらすぐ醤油を足す。また沸いたら火を止め、アクをすくって、そのまま冷ます。

筍と生海苔の和えもの

材料●筍、生海苔、山葵、醤油、鰹出汁

山葵を擂り下ろして、生醤油と出汁で溶く。茹でた筍を山葵醤油にからめておく。生海苔を食べやすく切って筍と和える。

鰹飯

材料●鰹の中落ち、ねぎ、醤油、みりん、塩少々、ご飯

❶中骨周辺の身をスプーンで、きれいにこそげ取る。

❷鍋に湯を沸かし、塩をひとつまみ入れる。ほぐし身を湯がき、火が通ったらざるにあけておく。

❸粗熱がとれたら布巾にくるみまな板の上で、そぼろ状になるまで根気よく丁寧にもみほぐす。

❹醤油2、みりん1を合わせて煮つめ、このタレをそぼろとねぎの千切りにからめてご飯にのせる。

水無月

朝飯の夢……
わが家では所詮《しょせん》、夢か。

目ざましのベルで、しぶしぶ起きる。顔を洗い、歯を磨く。朝刊を読みながら、テレビでいつもの番組を「時計代わりに……」見るともなく見る。その間に朝食ともいえない朝食（たいていはトーストに牛乳あるいはコーヒー）を義務的に流し込み、仏頂《ぶっちょう》面《づら》の女房の顔をなるべく見ないようにしながら身仕度をととのえ、逃げるようにして外へ出て、むしろほっとしながら駅への道を急ぐ……これがサラリーマンの毎朝だ。と書いたら、冗談じゃねェや！　と怒り狂うサラリーマンが、当節どれだけいるだろうか。

まだ独身の一人暮らしの若者が、朝はほとんど食べません、というのはわかる。朝飯を自分で調えるよりは三十分でも余計寝ているほうがいい。私も若い頃はそうだった。しかし、女房がいながら「朝飯ぬき」という亭主が珍しくもないと聞くと、他人事《ひとごと》ながら頭に血が昇る。それじゃ一体、何のために所帯を持ったんだ。

かみさんも勤めに出ている共稼ぎなら、むろん、話は違ってくる。亭主風吹かして「朝飯を作れ」というのは通らない。こういう夫婦の場合は、毎朝交代で朝飯を作らねばならない。何にせよ朝飯はちゃんと食べなければならぬ。朝飯ぬきで出勤するのは、私にいわせれば、勤め先に対する一種の詐欺《さぎ》行為である。まともに頭が回転するはずがないからだ。オフィスに着いた頃に腹がへってきて、午前中考えることは昼飯に何を食おうか、こればかりである。

話は急に変わるが、日本のプロ野球はオフシーズンまで選手を管理しようとする。余計なお世話だ。その間、選手が何をしようと放っておけばいい。その代わり、キャンプイン時に体調万全の絶好調でないような奴《やつ》は、プロの自覚が欠如しているわけだから、即座にクビにすればいい。サラリーマンも同じである。朝九時なら九時の始業時に頭がフル回転していない奴はプロとはいえない。単なる月給泥棒である。

それが一般企業に勤めている人間なら、まァこちとらの知ったことかで済むが、公務員ともなればただでは済まされぬ。彼らの月給は税金でまかなわれているのだ。朝飯をしっかり食べてきたかどうか、それを人間査定の第一項目に挙げてもらいたいものである。

ことほどさように、朝飯というものは大事なものなのだ。きちんと朝飯を食べることをしない人間は信用するに価《あたい》しない。ところで池波正太郎は朝飯に何を食べていたか。普通の勤め人と違い、徹夜で原稿を書く日も珍しくない作家だから、朝飯といっても必ずしも朝とは限らない。だから池波正太郎自身は、朝飯という代わりに、しばしば「第一食」という独特の用語を発明して使っている。

『池波正太郎の銀座日記』から、朝飯あるいは第一食を拾い出してみた。

＊朝はドイツ・パンを焼いて小さいのを二個のみにする。下北沢の「アンゼリカ」というパン屋さんのパンだが、いつも愛用している。
＊今朝は部屋で、トースト、ボイルド・エッグ、トマト・ジュース。それにポットのコーヒーをたっぷりのんでから帰宅する。ここのホテル（山の上ホテル）はルーム・サーヴィスの朝食ひとつにしても念を入れてととのえてくれる。
＊朝、起きた。朝に目ざめるなんて、久しぶりのことだ。（中略）
　トマト・ジュースを一杯のんだだけで、自分の本の装釘《そうてい》をはじめ、昼までに大半を終る。
＊午前十一時起、いきなり、ステーキ丼《どん》を食べる。できるだけ、肉はつつしむことにしているが、夏は肉を食べぬともたない。
＊連日の猛暑。少し元気をつけようとおもい、第一食に薄切りのビーフ・ステーキを食べる。
＊朝、京都の甘鯛《ぐじ》を焼いて食べる。旨《うま》いので、御飯二杯も食べてしまう。
＊朝九時に起き、すぐ仕事にかかる。新連載の現代小説第一回分を終えてから食事にする。きょうは、夜にたっぷり食べなくてはならないので、もり蕎麦《そば》にする。思いついて

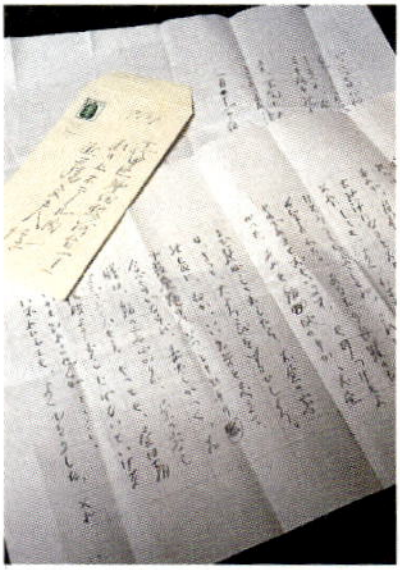
料理人宛の池波書簡。
朝定食を絶賛している。

朝、ホテルの天ぷらコーナーへ行くと、主任の近藤文夫君が、

「今朝から、朝の定食を新しく考えました。

ぜひ、召しあがってみて下さい」と、いう。

「ほう。どんなの?」

「オカズを十三種類つけます」

「ええっ……」

おどろいていたら、黒塗りの盆の上の小鉢に、
なるほど十三種のオカズがならんでいるではないか。

『池波正太郎の銀座日記』〔全〕より

重宝していた輪島塗の箸。

どんなオカズかというと、
別に凝ったものではないが、
栄養満点のメニューで、（中略）
つまり家庭ならば、
このうちの一品か二品がせいぜいなのを、
そこはホテルの食堂だけに、
骨身を惜しまずにあんばいをして、
朝飯の夢を見せてくれたのである。

『池波正太郎の銀座日記』〔全〕より

汁《つゆ》にニンニクの磨《す》りおろしたのを少し入れてみたら旨かった。
＊朝は鶏《とり》そばと、ハチミツのトースト一枚。ロース・ハムを少々。
＊昨日の朝は、つくり方を家の者に教え、筍《たけのこ》のタタキをつくらせる。京都から送られて来た筍は実にうまい。
＊ベーコン・エッグとトースト、コーヒーの第一食（後略）。
＊きょうの第一食は、昨日のロース・カツレツをカツ丼にして食べる。
＊第一食は、焼豚に白飯一杯、野菜の冷し汁で、依然、食欲はおとろえない。すぐに仕事にかかる。
＊きょうは、朝から小さなビーフ・ステーキをやる。完全に食欲がもどった。
＊今朝は、野菜（モヤシ、ナス、タマネギ）の炒《いた》めたものを熱いうどんにかけて食べる。旨かった所為《せい》か気分がよくなったので机に向い、鬼平七枚を書く。
＊第一食はホテルで天丼。
＊第一食は「よもぎうどん」を釜《かま》あげにして食べる。それと、いつものようにバニラ・アイスクリームとコーヒー。
＊第一食に昨夜のチキン・コロッケをソースで煮て食べる。
＊甘鯛《あまだい》の干物を、第一食（午前十時）第二食（午後五時半）も食べた。
＊朝昼兼帯の第一食を、ホテルの天ぷらコーナーですます。年に何度あるか知れない、

見事な、旨い鯛の刺身で、御飯を二膳《ぜん》。
＊第一食は、焼穴子（後略）。
＊第一食は、薄いビーフ・ステーキを温飯《ぬくめし》の上にのせて食べる。旨い。
＊第一食は、カレイの一夜干し。それにB社のSさんが海で採って来てくれたコブの根をきざみ、カツオブシとショウユをかけたもの。旨い。
＊昨日、家人がデパートで韓国の松茸《まつたけ》を買って来たので、朝は松茸の炒飯《チャーハン》にする。旨い。
＊朝は、小さなロース・カツレツと松茸御飯。松茸御飯は一夜置いたほうがよい。
＊快晴。朝はトーストで、昨夜のポテトサラダを食べる。芥子《からし》をたっぷり入れさせたので旨い。
＊きょうも第一食はスパゲッティ。すっかり癖になってしまった。ソースは自家製トマトソース。
＊昨日、第一食は鳥南ばんを食べて、久しぶりに山の上ホテルへ行く。
＊六十七歳の誕生日なり。義姉と二人の姪《めい》が、鯛一尾を祝いに持って来てくれるというので、第一食は、もりそばのみにしておく。
　まあ、ざっとこんな具合だ。そのバラエティ豊かなこと、ほとんど「何でもあり」の感じである。そのどれ一つでも、間に合わせのいい加減の朝飯ではない所が池波正太郎の池波正太郎たる所以《ゆえん》だ。そして、ある日の『銀座日記』に、こうある。

×月×日

ホテル内の天ぷら食堂「山の上」で和食の朝食を食べる。何しろ、十三種類もの、気のきいた料理が小鉢に入っているものだから、つい御飯を食べすぎてしまう。そこで、南瓜《かぼちゃ》の煮つけ、カツオの角煮、千枚漬《せんまいづけ》、海苔《のり》佃煮《つくだに》、シシャモ塩焼などをビールの小びんの肴《さかな》にして半分ほど飲む。後で御飯は軽く一杯。——

今月の「池波正太郎の食卓」は、近藤文夫に「朝飯十三品」を再現してもらった。もともと山の上ホテルの天ぷらと和食全般を取り仕切る親方だったとき、近藤文夫自身が創案したものだからである。

「東京は本来、朝は炊《た》きたての御飯。大阪はお粥《かゆ》。それがどこのホテルでも朝粥が大流行になった。それに反撥《はんぱつ》したんですよ」と、銀座の典座《てんぞ》はいった。他人《ひと》と同じことはやりたくない！　というのが、この料理人の骨っぽいところで、「朝もりもりとしっかり食べる。そうすれば昼は蕎麦一杯でもいい。とにかく一日きっちり働くには朝飯が肝《かん》腎《じん》」という信条から始めた朝飯十三品。多年、胸中に温めていたアイデアだった。

これにすっかり感心した池波正太郎が、近藤文夫に手紙を送り、「お昼にも出せ。ただし、昼飯に出す場合はもう少し値段を上げないとだめだろう」。この手紙が銀座の典座の宝物になっている。

ちなみに、この日、近藤文夫が池波正太郎を偲《しの》んで丹念に手作りで調えた朝飯のおか

白鱚一夜干し

材料●きす（白鱚）、天然塩

❶きすは鱗を落とし、腹から頭の方へ庖丁を入れてワタを除く。中骨に沿って開き、塩水で洗う。
❷天然塩で海水程度のしょっぱさの塩水を作り、❶を漬け込む。ラップで表面を覆った状態で約2時間おく。
❸塩水から取り出したら、肩の部分に金串を打つ。風通しの良いところに一晩干して完成。食べる直前に軽くあぶる。

青海苔ときゃら蕗の佃煮

材料●蕗、生青海苔、醤油、酒、みりん、塩

❶蕗はアクが強く、筋が多いので、まな板の上で塩を振って、よく板摺りをしておく。
❷4センチくらいの長さに切って鍋に入れる。たっぷりの酒と少なめの醤油、少々のみりんを加えて中火で煮る。
❸半分ほどに煮詰まったら生の青海苔を入れる。混ぜながら水気を飛ばし、じっくりと煮詰めて出来上がり。

玉子豆腐

材料●卵、出し汁、塩、みりん、薄口醤油、出汁醤油

❶ボウルに卵8つを溶き、出し汁をおたま3杯、塩、薄口醤油、みりん各少々を加えて泡立て器でよく混ぜる。
❷流し器に漉す。キッチンペーパーで表面の泡を丁寧に取るのがきれいに仕上げるコツ。流し器を蒸し器に入れて蒸す。
❸初め強火にかけ、蒸気が上ったらすぐ細火にする。20分くらい蒸したら火から下ろし、流し器を出す。
❹流し器の端に庖丁を入れ、中身をそっと取り出す。食べやすい大きさに切って盛り、最後に出汁醤油をかける。

ずは左記の如《ごと》し。
一、玉子豆腐。二、しらすおろし。三、蓮根《れんこん》と独活《うど》の皮のきんぴら。四、白鱚《しろぎす》一夜干し。五、ぜんまいと油揚げの煮付け。六、独活と胡瓜《きゅうり》の酢の物。七、納豆。八、筍の木ノ芽和《あ》え。九、煮豆（うぐいす）。十、浅蜊《あさり》と切干し大根の煮物。十一、田芹《たぜり》の胡麻《ごま》和え。十二、月見山かけ。十三、青海苔ときゃら蕗《ぶき》の佃煮。十四、トマトの三杯酢。
甘い煮豆以外はすべて私の好物で、どれもよかったが、ことに浅蜊のうまみをしっかり含ませた切干し大根が文字通りの絶品だった。

亡師がいみじくも書いているように、これはまさに「朝飯の夢」というしかない。

文月

百千の川に百千の鮎《あゆ》あり。
夏が来た。

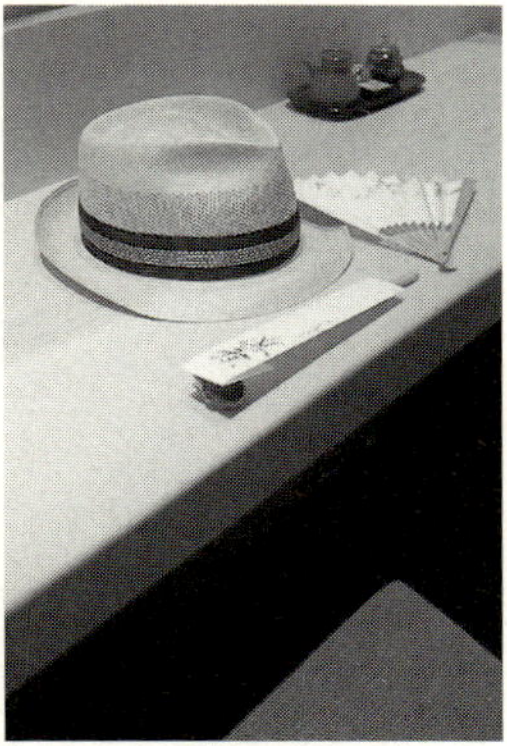

「てんぷら近藤」のカウンターで。

梅雨《つゆ》どきは、毎年のことながら、酒をうまく飲むのに苦労する。日によっては暑さにうんざりするかと思えば、妙に肌寒いほどの日があったりする。梅雨冷えの夜は、いっそ湯豆腐に極《ごく》ヌル燗《かん》の吟醸がいいかもしれない。池波正太郎にも「梅雨の湯豆腐」という短篇がある。

長い夏場を気分よく過ごす要諦《ようてい》は「涼一味《りょういちみ》にあり」、と茶湯《ちゃのゆ》の心得にある。食卓に涼一味を求めるなら、いよいよ鮎《あゆ》が主役だ。晩秋に河口の砂礫《されき》の中から孵《ふ》化《か》した稚鮎《ちあゆ》は、三センチほどの大きさで海へ入り、桜の頃から次々に川を遡上《そじょう》しはじめる。

六月になると若鮎として川藻《かわも》を食べながらさらに上流をめざし、初秋には体長二十センチをこえる親鮎になる。いわゆる子持ち鮎だ。産卵のために川を下るのが落鮎《おちあゆ》で、この時期は肌にやや赤味がさしてくるので錆鮎《さびあゆ》とも呼ばれる。十月、川底に産卵すると、鮎はわずか一年の一生を終える。

その命のはかなさゆえに年魚《ねんぎょ》といい、若鮎に何ともいえない清らかな香気があることから香魚《こうぎょ》とも呼ぶ。西瓜《すいか》を思わせる香りは清流の石垢《いしあか》（珪藻《けいそう》類）しか食べないからである。若鮎は姿もいい。

——その香気。淡泊の味わい。たおやかな姿態。淡い黄色もふくまれている白い腹の美しさを見ていて、

「ああ……処女を抱きたくなった……」

突如、けしからぬことを叫んだ男が、私の友だちの中にいる。——

と、池波正太郎は書いている（『味と映画の歳時記』）が、これは友だちの名台詞《めいぜりふ》ではなく、小説家ならではの創作だろう。けしからぬことを内心に思ったのは池波正太郎自身に違いない、と私はにらんでいる。

鮎釣りをする人ならだれでも知っていることだが、鮎の川をよく観察すると、川底の岩に何条もの筋が残っている。若鮎が石垢を食べたしるしだ。鮎は一匹ごとに自分のテリトリーを守っていて、縄張り荒しがやって来ると猛然と襲いかかって追い払う。

この喧嘩《けんか》っ早い性格を利用したのが鮎独特の友釣りである。厳密にいえば友釣りどこ

ろではなく、むしろ敵釣りが正しいということになる。

この季節、日本中の川で鮎自慢がかまびすしい。鮎ほどお国自慢の盛んな魚は他にないだろう。飲むこと食うことにしか関心がない人間として、私はここ三十年ほどの間に結構各地の鮎を食べてきた。

越後《えちご》の魚野《うおの》川の鮎。長良川上流の郡上八幡《ぐじようはちまん》の鮎。京都は保津川の鮎。富山では砺波《となみ》の庄川《しようがわ》の鮎。むろん四国の四万十《しまんと》川の鮎も何度か食べた。どこのどの川の鮎が一番うまいかを論ずるのは馬鹿《ばか》気《げ》ている。水がきれいで、いい苔《こけ》がある川の鮎を、釣ってすぐに川原で焼いて食べれば、必ず全部うまいに決まっている。それを承知の上であえていうなら、私の一番は安曇《あど》川の鮎だ。

京都から大原をぬけて花折峠を越えた安曇川上流に川瀬竹秋という若い陶工がいる。鮎釣り狂が昂《こう》じてこんな山中に窯《かま》を築いたという男である。何年か前、一度遊びに行き、彼が釣った鮎をその場で焼きながら食べた。あの日の鮎の塩焼きが私にとってはいまのところ最高のものである。

鮎の賞味法はいろいろある。鮎の季節に然《しか》るべき土地へ旅をすれば鮎尽くしの口福に堪能《たんのう》することができる。私の記憶に残っているのは岩国の「久義萬《くぎまん》」という料亭だ。錦《きん》帯《たい》橋で有名な錦《にしき》川は、長良川とともに、鵜飼《うかい》でも知られている。例年、六月一日から八月末までの鵜飼のシーズンに久義萬を訪ねれば、涼味満点の錦川鮎尽くしが味わえる。

古い食日記からその日の献立を書き写せば下記の通りだ。珍味、鮎うるか。前菜、鮎の印籠《いんろう》煮・鮎南蛮漬・鮎田楽。吸物、焼霜《やきしも》鮎。生肴《なまざかな》、鮎〆《あゆじめ》の梅肉添え。焚合《たきあわせ》、鮎あめ炊《だ》き・焼茄子《なす》。焼肴、鮎塩焼。揚物、鮎のフライ。酢肴、鮎にんぴん漬。御飯、鮎ずし。よほどの健啖家《けんたんか》でも全部きれいに平らげるのはむずかしかろう。あの頃は私もまだ若かったから何とか頑張ったが、いまは半分も無理に違いない。ちなみに、岩国出身の作家・宇野千代の代表作『おはん』に登場する「釘万《くぎまん》」はこの料亭のことである。

賞味法は数々あるが、しかし、鮎は塩焼きにとどめをさす。これは蓼酢《たです》が定法《じょうほう》だ。鮎のいる清流の川辺には決まって蓼も生えている。蓼の葉の部分だけを擂鉢《すりばち》でよくすり、これを米酢で溶きのばしたものが蓼酢であることはご承知の通りだ。白状すると私はこの蓼酢がどうも好きになれないから、定法を無視して塩焼きをそのまま手づかみで食べる。行儀の悪い話だが、私にはそれが一番うまい。

これも『味と映画の歳時記』に亡師が書いていることだが……、

——魚の塩焼きといえば、何といっても鮎だろう。
ただし、焼きたてを、すぐさま頬張らぬことには、どうにもならぬ。(中略)
魚を食べるのが下手な私だが、気ごころの知れた相手との食膳《しょくぜん》ならば、鮎を両手に取って、むしゃむしゃとかぶりついてしまう。——

やっぱり鮎の塩焼きは、なりふり構わずこうやって食べるに限る。手づかみで、骨ごと頭からシッポまで食べてこそ鮎の塩焼きである。大体、骨ごと全部食べられるくらいの小ぶりの鮎でないとうまくない。

料理屋の塩焼きは、ちゃんと登り串が打ってあるのは当たり前としても、概してひれいの化粧塩が強すぎていけない。活鮎《いきあゆ》の跳ねているやつを焼けば、塩をつけて格好をととのえなくてもひれが立ってくれるのである。

鮎解禁の日を待ちかねるようにして、久しぶりに「京亭」を訪れ、そのことを再確認した。特製の風炉《ふろ》を座敷に運び出し、炭火のまわりに串を立てて焼き上げる塩焼きのうまさは文句のつけようがなかった。もっとも、台所である程度まで下焼きをしてくるから、座敷では仕上げの焙《あぶ》りをするということだ。

都心から関越自動車道で約一時間。荒川の中流に寄居《よりい》という鄙《ひな》びた町がある。奥秩父《ちちぶ》に源流を発した荒川は、名勝長瀞《ながとろ》を経て間もなく寄居までくると大きく迂回《うかい》しながら川幅をひろげ、玉淀《たまよど》と呼ばれる景勝を生む。両岸は見おろすと足がすくむような高い断崖《だんがい》。南側の断崖上は、その昔、武州鉢形《はちがた》城だった。

荒川越しに鉢形城址《じょうし》をほぼ真正面に一望する絶好の位置に料理宿の京亭はある。もともとは旅館ではなかった。「祇園小唄《ぎおんこうた》」の作曲で不朽の名を残す佐々紅華《さっさこうか》が、たまたま気に入って「ここを永住の地にしよう……」と、思うがままに趣味を生かし、財を惜しまずに建てた隠れ家である。

最後に、鮎飯が出た。（中略）
鮎を、まるごと、
味をつけた飯の上へのせて蒸らし、
食べるときは魚肉をほぐし、
飯とまぜ合わせて食べる。
鮎の芳香が飯に移って、実に旨い。
この鮎飯は江戸時代からあったもので、
私も自分の小説に登場させたこともある。
『よい匂いのする一夜』より

鶏の水炊きを食す際に
よく使っていた自宅の皿。

客座敷の庭に面した縁側へ炭火の仕度をして、
料理人が鮎を焼き、
焼いたそばから食べさせる。
あまりに旨いので、
（もう少し、食べたい……）
おもう途端に、
こちらの胸の内を見通したかのように、
おかわりの鮎が運ばれてくる。
『味と映画の歳時記』より

いまは、紅華の養女だった佐々靫江《ゆきえ》が、板場を引き受ける弟とともに、およそ商売気のない「鮎の宿」を営んでいる。鮎飯がここの名物だ。二十年ほど前、鉢形城を舞台に新作を書こうと思い立った池波正太郎は、現地取材のための宿探しを私に命じた。

寄居周辺を歩き回った挙句、町役場の助けを借りてようやく見つけたのが京亭だった。亡師は京亭のたたずまいと鮎飯に大いに満足し、「こういう小さないい宿は、だれにも教えちゃだめだよ」と、私に釘をさした。そのくせ、ご本人が『よい匂《にお》いのする一夜』の中で京亭のことを洗いざらい書いてしまったのだから、何をかいわんや。

出合いの縁で毎年律儀《りちぎ》に京亭から荒川の鮎が届く。その晩は塩焼きと鮎飯がわが家の習わしである。古女房はいまや鮎飯名人を豪語しているが、これは作り方が実に簡単だから、鮎さえよければだれが炊いたってうまくできる。翌日、冷たくなってもまだうまいのが鮎飯のよさだ。

京亭のそれにも遜色《そんしょく》なしと自負していたわが家の鮎飯だが、上には上があった。近藤文夫の「鮎飯ア・ラ・コンドー」を初めて味わい、私は無条件で脱帽した。いまの時季ならではの柔らかくて香りのいい新牛蒡《しんごぼう》を、たっぷりささがきにして入れる。若鮎と新牛蒡の相性のよろしさといったらない。

下ごしらえをした鮎を冷酒にしばらく漬けておくというのも近藤流鮎飯の一つのポイントである。炊く釜《かま》に酒を入れるより近藤方式のほうが鮎がふっくらと上品に仕上がる感じだ。今年は近藤流に挑戦してみるとしよう。

鮎飯に取り合わせた「夏野菜の木ノ芽醤油和《じょうゆあ》え」は、「剣客商売」の「毒婦」（『狂乱』所収）に「莢《さや》いんげんと茄子を、山椒《さんしょう》醤油であしらったもの」とあるのがベースになっている。これに雷干しを加えたところがプロの発想だ。いんげんはゆでる。茄子は焼く。瓜《うり》は蔭干《かげぼ》し。三通りの調理法を一つに組み合わせた見事さには恐れ入るしかない。これは和風サラダに新境地を拓《ひら》いた傑作といってよいだろう。

文月の「池波正太郎の食卓」を飾るもう一品は天ぷらだった。小鮎はわかるが、銀宝《ぎんぽう》が出てきたのは合点がいかない。天だねにしかならない魚で穴子より淡泊。それでいて味に奥行があり、通人がこれを天だねの極致と珍重するのは、旬《しゅん》がほんの一時《いっとき》しかないせいもある。桜の頃からせいぜい五月までが旬である。

あれ……と首をかしげた私に「てんぷら近藤」の主《あるじ》はいった。

「池波先生は晩年、歯が不自由になったからか鮎や烏賊《いか》はあまり召し上がりませんでした。その代わり、あれば必ず大喜びで食べたのが銀宝でしたから……」

銀座の典座《てんぞ》が苦労して探した追悼の銀宝だったのだ。

夏野菜の木ノ芽醤油和え

材料●さやいんげん、茄子、瓜、木ノ芽、醤油

❶瓜は端を落とし、中心に棒を突き刺して種を除く。棒を通したまま庖丁を斜めにあて、瓜を回してらせん状に切る。塩水に10分くらい浸けてから、日陰に半日吊るして雷干しに。

❷茄子を網にのせて焼く。指で押えてみて柔らかくなったら冷水にとり、熱いうちに皮を剝く。いんげんは塩茹でに。

❸木ノ芽の葉だけ摺鉢であたりながら、醤油を少しずつ加えていく。

❹いんげん、茄子、瓜をそれぞれ食べやすい大きさに切り、❸で和える。

鮎飯

材料●米2カップ、水2.5カップ、薄口醤油おたま1杯弱、塩小さじ1、鮎3尾、新牛蒡1本、木ノ芽・浅葱適宜、昆布、酒

❶分量の水に昆布を浸し、醤油と塩を入れて5分くらいおく。皮をこそげてささがきにした新牛蒡を入れ、さらに5分おいてなじませる。

❷といだ米を釜に入れ、昆布を除いた❶を注ぎ、炊き始める。

❸鮎は鱗を落として頭と尾、ワタを取り除き、しばらく酒に漬け込んでおく。薬味の木ノ芽は葉だけを使い、浅葱はみじん切りに。

❹釜の水気がある程度飛んだところで、ご飯の上に鮎を手早く並べる。再びふたをして火を止める寸前に強火に。パチパチとはぜる音がしたら10まで数えて火を消す。

❺釜から鮎を出してヒレを取り、くずし過ぎぬよう尾の方から骨を除く。ご飯の上に鮎と薬味をのせて、全体を混ぜて出来上がり。

小鮎と銀宝の天ぷら

材料●小鮎、銀宝

●小鮎は頭と尾をつまむように持ち、粉をまぶして薄めの衣を胴の部分だけにつける。低温でじっくりと揚げる。

●銀宝は粉をまぶし、鮎の衣よりもさらに薄い衣にくぐらせる。皮の方から油（180℃）に入れると上手く揚がる。

葉月

鰻《うなぎ》の食い方は
永遠に上方《かみがた》と江戸の喧嘩《けんか》の種。

土用《どよう》は本来、四季それぞれにある。立秋・立冬・立春・立夏の前十八日が土用だ。それがいまはもっぱら盛夏（立秋前）の土用だけが通用している。思うに「土用の丑《うし》の日」の習わしと無縁ではあるまい。

夏の土用の丑の日に鰻《うなぎ》を食べると夏負けしないといい、この日は鰻屋が大繁昌《だいはんじょう》する。鰻を食べると精がつくというのは万葉の頃からいわれていることである。質のよい蛋白《たんぱく》質《しつ》と脂肪をたっぷりと含み、しかもビタミンAの豊富さにおいては抜群の優れもの。昔の人は経験的にそういうことをちゃんと知っていた。

吉田石麻呂《いわまろ》はひどいやせっぽちだった。そこで大伴家持《おおとものやかもち》が石麻呂を冷やかして、一首。

「石麻呂に吾《われ》もの申す夏やせによしといふものぞ武奈伎とりめせ」

ひどい夏やせじゃないか、鰻でも食ったらどうだい、というわけだ。武奈伎《むなぎ》は胸黄《むなぎ》で、鰻の胸のあたりが淡黄色だからのこと。ウナギはそれが訛《なま》ったものとされている。

家持はついでにもう一首、石麻呂の身になって詠《よ》んでいる。

「瘦《や》す瘦すも生けらばあらむをはたやはた鰻を捕ると河に流るな」

即《すなわ》ち、いくらやせていようが生きているだけまし、鰻とりに行って溺《おぼ》れたりしたらばかばかしいものな。

長いこと私は人からの請売りで、右二首を家持と石麻呂の歌でのやり合いだと思い込んでいた。しかし、実はどちらも「痩せたる人を嗤咲《わら》ふ歌二首」として家持自身が詠んだものと万葉研究家から教えられた。家持ご当人もやせっぽちだったそうで、だから石麻呂の名を借りて自分を笑い者にしているのである。

さて……。こと鰻の蒲焼《かばやき》に関しては、関東人と関西人は必ず大激論になる。何しろ、やりかたが何から何までアベコベである。

関東は背開き。関西は腹開き。武家社会の江戸は腹開きが切腹に通ずるというのでこれを嫌った。町人社会の上方は切腹なんぞ気にしない。関東の蒲焼は、背びれ、尾びれを取り除き、頭をつけない。関西は背びれ、尾びれ、頭をつけたまま焼く。

焼きかたは、関東では二つに切って竹串を打ち、皮のほうから焼く。関西は一匹丸ごと金串を打って、肉のほうから焼く。関東流は素焼きした後で蒸しにかけるが、関西流は蒸しにかけない。

何故《なぜ》、こうも対照的な料理法になったのか。関東平野の川は悠々と流れつつ大利根《おおとね》川に集まり、氾濫《はんらん》しては沼をつくり、広大な霞《かすみ》ガ浦《うら》となり、やがて太平洋へ注ぐ。こういう悠然たる流れに育った鰻は、どうしても一種の泥臭さを伴う。それを消すための知恵が関東風の鰻蒲焼である。

これに対して関西の川は、総じて山から海までの距離が短く、流れも速い。また関西には火山がないので土質がよく、このため関西の鰻にはもともと泥臭味がない。だから関西では昔から、頭をつけたまま腹開きにして、じっくり焼くだけで蒸さない蒲焼になったのであります……とは、亡《な》き懐石名人、辻嘉一《つじかいち》の説である。御説ごもっとも。

私は鰻が大好物で、週に一度は食べたいほうである。ところが古女房は「あたし、巳年《みどし》だから……」というわけのわからない理由で、鰻、泥鰌《どじょう》、鱧《はも》、穴子を一切食べない。やむを得ず鰻屋へついて来たときは、鰻重の蒲焼を私に回し、自分はウナダレ飯だけ喜んで食べている。これは私にとっても好都合だから、決して無理に食べろとはいわない。

利根川産の巨大天然鰻に
手こずる料理人。

亡師流の用語を使うと、「家人」の実の妹が姫路の古い鰻屋「森重《もりじゅう》」に嫁いでいて、ここは坂本龍馬もしばしば立ち寄った店である。その妹が上京のたびに蒲焼を手土産に持ってきてくれる。これはこれでうまい。しかし、関東式と、関西式と、二つ並べてどちらにするかといわれれば、私は一も二もなく関東の蒲焼だ。

「池波正太郎の食卓」再現組合の肝煎《きもいり》である土佐松魚《とさのかつお》に尋《き》いたところ、「そりゃ、ぼくはもちろん蒸さない関西流です」と、私を睨《にら》みつけた。土佐松魚とは小説新潮編集部の楠瀬啓之《くすのせひろゆき》。土佐っぽだからこの名で呼んでいる。

近ごろ、大きな鰻料理屋へ行くと、
前菜が出る、椀《わん》盛りが出る、刺身が出る、
煮物が出る……というわけで、
せっかくの鰻が運ばれて来るころには、
私などは満腹になってしまう。（中略）
鰻屋では、念の入った香の物で酒をのみながら、
鰻が焼きあがるのを待つのが、もっともよい。
『むかしの味』より

七時だというのに、まだ、あかるい。
シャワーを浴び、すぐに机へ向って、
B週刊誌へ連載の随想三篇を一気に書く。（中略）
夜ふけに、空腹となったので、入浴してから
海苔《のり》を巻いた握り飯一個と
野菜の冷し汁を食べる。
それから、随想につける挿絵を六枚描く。
きょうは、よくはたらけた。気分快適なり。
『池波正太郎の銀座日記〔全〕』より

葉月の主題は鰻と冷《ひや》し汁である。われわれの顔を見るなり、銀座の典座《てんぞ》こと近藤文夫は誇らしげにいった。

「きょうは、池波先生のために、天然の凄《すご》いのを仕入れてあるからね。一週間以上前から頼んでおいて、やっと手に入れたんだ。見てください。利根川の主《ぬし》ですよ、これは、多分ね……」

なるほど、見事な大物である。普通なら二つに切るところを、四つに切ってちょうどいい寸法だ。当たり前の蒲焼では面白くないと思ったのか、典座がこしらえたのは鰻の櫃《ひつ》まむしと山椒《さんしょう》煮だった。

櫃まむしは、上方にもあるが、むしろ名古屋が本場だろう。蒸しにかけない蒲焼を程よく切って熱々《あつあつ》の炊《た》きたてご飯にまぶせば、固い鰻の皮も柔らかくなって食べやすい。櫃まむしは半分そのまま食べて、残り半分は茶漬けにするのが名古屋人の定法と聞いている。

近藤流の鰻は、櫃まむしも山椒煮も「甘ったるくない」のが実にいい。左党向きである。

「材料がよくないと、どうしても甘みで味をごまかすことになるんだよね。天然物の、こういう自然な甘みを生かそうと思ったら、甘くできないし、する必要もない」

池波正太郎も鰻には目がなかった。浅草の老舗《しにせ》「前川」の鰻には特別の思い入れがあったようで、『むかしの味』に、こうある。

――〔前川〕の鰻は、申すまでもなく天然のもので、三代にわたるつきあいの、利根川の業者から仕入れ、冬になると、秋の下り鰻を水田に入れて半冬眠させ、必要に応じて割く。

これほどに手間をかけているだけに、味は、まったく、むかしと変らない。

白焼《しらやき》の旨《うま》さは、いうまでもないが、ここの蒲焼は本当に旨いとおもう。――

その前川へは一度も連れていってもらえなかったが、鰻屋へは何度か一緒に行った。池之端《いけのはた》や赤坂の鰻屋へお供したときは、どちらもそれと知られた店だが、「これじゃ鰻の本当の味がわからなくなっちゃう」と、おかんむりだった。金を取る方策として、鰻の前にいろいろな料理を出す。これが邪道だというのである。

「鰻を食べるときは、お香こだけで酒を飲んで待ってなきゃいけない」

というのが池波正太郎の口ぐせだったが、私は不肖の弟子で、肝焼《きもやき》があると食べずにいられない。肝焼で飲み、白焼の山葵醤油《わさびじょうゆ》で飲むということになれば、蒲焼ご飯はなくてもいいくらいだ。

亡師の鰻好きは相当なもので、「鰻は痛風にいけないのか、いいのか……」と、悩みつつも久しぶりに鰻丼を食べたうれしさを『銀座日記』に記している。この『日記』で最も多く登場する行きつけの鰻屋は、日本橋高島屋に入っている「野田岩」である。ここの白焼丼は確かにうまい。

『池波正太郎の銀座日記』には何回か「野菜の冷し汁」が出てくる。これは外の料理屋で食べるものではなく、いつも自邸で、たいてい夜更《よふ》けに食している。「野菜の冷し汁にハムサンドイッチ」や「野菜の冷し汁と鰻の佃煮《つくだに》で御飯一杯」が夜食だ。

「冷や汁」となると宮崎の郷土料理、あるいは米沢のそれが有名だが、池波家の冷し汁はどちらとも違う。

冷汁の筵《むしろ》引ずる木蔭《こかげ》かな（一茶）

冷汁に宵月浅し貝杓子《じゃくし》（五空）

これでわかるように冷汁（ひやじる、ひやしじる。煮冷《にびや》し、煮冷《にざま》しともいう）は、夏に味噌汁《みそしる》や清汁《すましじる》を器ごと冷やして食膳《しょくぜん》に供するもので、歴《れっき》とした夏の季語。今月の食卓に近藤文夫がのせたのは、茄子《なす》と泥鰌隠元《いんげん》の味噌汁を冷たくしたものだった。茄子は皮ごと入れると汁が真っ黒になって（味はそれでも悪くないのだが）食欲をそそらないから、皮をむいて使う。残った皮は刻んだ唐辛子と一緒に胡麻《ごま》油で炒《いた》め、酒と醬油で味をつけると、酒によし、飯によし……というのが、恥ずかしながら貧乏書生の生活の知恵である。

ところで……。

鰻の蒲焼をなぜ蒲焼というか。どんな世界にも「その道の専門家」がいるもので、鰻

葉月

鰻の山椒煮

材料●鰻、青い実山椒（有馬山椒でも可）、醤油、酒、みりん

鍋に水5、酒2、醤油1.5、みりん1.5の割合の煮汁を用意する。竹の皮を鍋の底に敷き、白焼きした鰻を並べ、山椒と煮汁を加えて中火でじっくりと煮て味を含ませる。

夏野菜の冷し鉢

材料●瓜、茄子、枝豆、塩

瓜と茄子は薄切りにして塩でもむ。強くもむと形がくずれるので、軽く和える程度に。塩茹でした枝豆と共に冷ましてから皿に盛る。

鰻の櫃《ひつ》まむし

材料●鰻、醤油、みりん、酒、ご飯

❶鰻は頭に庖丁を入れて活け締めにし、目打ちでまな板に固定する。背から尾までを開いて中骨とワタを取る。

❷頭を落とし、背びれを取り除いて、身を4つに切る。網で皮を下にして焼き、丸まってきたら裏に返す。

❸取り置いた鰻の頭と中骨をよく焼いて、水5、酒2、醤油1.5、みりん1.5の割合の煮汁で煮込み、タレを作る。

❹❸のタレをはけで白焼きの両面にたっぷりと塗ってあぶる。2、3回これを繰返して焼き、刻んでご飯と混ぜる。

トマトの三杯酢

材料●トマト、玉ねぎ、パセリ、一味唐辛子、胡麻油、三杯酢

十分に熟れたトマトをよく冷やして皮を剝く。天地を落とし、くし形に6つに切って皿にのせる。みじん切りにして水にさらした玉ねぎと、みじんにしたパセリを一味唐辛子と少々の胡麻油で和える。これをトマトの上に盛り、周囲に三杯酢（28ページ参照）をかけ回して出来上がり。

冷し汁

材料●茄子、いんげん、出し汁、味噌

❶茄子は両端を落として皮を削ぎ落とし、小口切りに。いんげんはヘタと筋を取り、一口大に切る。

❷鰹節と昆布の出汁で❶を煮て味を含ませたのち、予め溶いておいた味噌を加え、ひと煮立ちさせる。鍋を火から下ろし、粗熱がとれたら鍋ごと冷蔵庫で冷やす。

に関しては松井魁《いさお》がオーソリティーである。何冊も鰻にまつわる本を出していて、その一つ『うなぎの本』（柴田書店）の中で、蒲焼の語源として次の五説を紹介している。
一、芳《かんば》しい香が疾《はや》く人の鼻に入る意味で、香疾《かばや》が転じたとする説。
二、昔は長い丸のまま縦に口から尾まで竹串を通して塩焼にしたが、その形が蒲《がま》の穂に似ているので「がまやき」、それが後に転訛《てんか》したとする説。
三、鰻を焼いたときの色が樺色《かばいろ》だとか樺皮に似ているからとする説。
四、紀州吉野の山麓《さんろく》では、山桜の皮をすいて竹串の代わりに挟んで焼いた。この山桜の樹皮を「かば」というから、という説。
五、もともと蒲鉾《かまぼこ》から転訛したとする説。
どれもそれぞれにもっともらしくて面白いが、第二説がどうやら正論のようである。

鰻屋では気長に待つのが常識。待っている間、酒を飲みながら蒲焼の語源を論じ合えば、案外簡単に時間がつぶせるかもしれない。

長月

鮑《あわび》の夏が終わる頃
新子《しんこ》が秋を囁《ささや》く。

池波正太郎の絵の前で。

——大阪のほうの人がよく書いているじゃない。

「東京のうどんなんか食えない……」

って。

ああいうのがばかの骨頂というんですよ。

——

池波正太郎が『男の作法』の中で「うどん」について書いた一文の冒頭がこれだ。

今回はその「ばかの骨頂」を敢《あえ》てやろうと思う。テーマが小鰭《こはだ》となると、どうしてもそうならざるを得ない。小鰭はあくまで東京のもの。大阪の小鰭（と称するもの）なんて、とても食えたもんじゃない。

江戸前鮨《ずし》で〝光りもの〟といえば、普通は小鰭をさす。鯖《さば》も鰯《いわし》も同じ光りもの（背の青い魚）には違いないが、代表格は文句なしに小鰭である。江戸っ子は古来、どういうわけかこの魚が大好きで、小鰭の幼魚である新子《しんこ》がとれる九月を待ちかね、争うようにして「新子の早鮨」を食べた。当然、池波正太郎また然《しか》り。

亡師からの請売りだが、その昔、吉原では唐桟《とうざん》の袷《あわ》せに吉原かぶりのお兄《あに》いさんが、盤台に小鰭の握りをきっちり並べ、「こはだのすしィ……」と、廓《くるわ》を流して歩いたそうな。その恰好《かっこう》が実に粋《いき》だったらしくて、

〽坊主《ぼうず》だまして　還俗《げんぞく》させて
　　小鰭の鮨でも売らせたい

と、俗謡にある。つまりは江戸っ子の「粋」という美学を象徴する魚がこの小鰭だった。

小鰭こはだと東京では呼びならわしているが、これは本名ではない。正式な魚名はコノシロで鰶の字をあてる。昔は初午《はつうま》の稲荷《いなり》祭に供《そな》えるのが決まりだったから鰶である。ニシン目コノシロ科に属し、太平洋岸では松島湾、日本海側では佐渡を北限として、南は遠くインド、ポリネシアまで分布する。

春先から六月頃にかけて内湾で産卵し、稚魚は一年で成熟する。大きくなると体長三十センチ近くに及ぶものがある。生長とともに名前が変わる。江戸湾（東京湾）で秋風が立ち始める頃にとれる幼魚が新子だ。新子はせいぜい一、二寸。頭や尾を取って開き、

中骨も除いて塩と酢でしめれば、二貫づけでやっと一個の握りになる。

例年、旧盆を過ぎると、新子の握りが頭にちらついて落ち着いていられない。新子は出回る期間が非常に短く、ちょっとこれをはずしたらもう小鰭になってしまう。むろん小鰭も大好物だが、ほんのわずかの日数、秋ですよと告げに来るような新子を何としても一度は味わいたい。うっかり食べそこなったら、夏と秋のけじめがつかなくなる。

というわけで、新子に会いたい一心で何度か銀座の「新富寿し」にお伺いをたてることになる。野菜に旬《しゅん》がはっきりしなくなったように、近年は海も様子がおかしい。昔は八月末から九月初めに行けば大体お目当ての新子にありつけた。それが近頃は六、七月にやたらにあったかと思うと、九月じゃ今年はもうだめですねえになったりする。

小鰭もそうだが、新子は小さいだけに塩と酢の加減がなおさらむずかしい。しめすぎたら値打ちがない。わずか四、五センチの小さな魚を一匹ずつ丹念にさばく手間が大変な上に、微妙なしめ加減に神経をすり減らし、しかも鮪《まぐろ》のトロのような値をつけるわけにいかないとなれば、新子は鮨屋泣かせの最たるもの。

その面倒な手間ひまを惜しまず、江戸前鮨の面子《メンツ》にかけて光りものの正統を守り抜いているのが新富寿しである。鮨なら三日に一度でもいいという鮨狂の私にとって、新子の握りはここが一番だ。

話は急に変わるが、大阪に「もず唱平」と名乗る酒敵がいて、作詞家として知られている。この男が根っからの食いしん坊で、私の顔を見るたびに「東京には食うものがない」と、うそぶく。確かに日本料理界は上方風が全盛で江戸風はまことに影が薄い。あるとき、ちょうど時季がよかったので、食通作詞家を新富寿しへ連れて行き、新子の握りを食べさせた。これを口にした途端に絶句し、その場で立ち上がって最敬礼したものだ。

そのことを思い出したら矢も楯《たて》もたまらず、荏原《えばら》の亡師夫人を誘惑してさっそく銀座へ繰り出した。誘惑の殺し文句は「新富に新子があると聞きましたので……」これである。結果は豊子夫人も大満足で、「やっぱり新子は新富だわねえ」。いうまでもなく新富寿しは池波正太郎が若い頃からひいきにして通った老舗《しにせ》である。

遠い昔、私が亡師の鞄持《かばんも》ちを務めた最初の海外旅行の途中で、「帰ったら真っ先に食べたいものは何だい」と尋《き》かれ、「そりゃもう新子の握りです」。それで帰国早々に連れていってもらったのがこの鮨屋だった。

さて……。

煮ても焼いても食えず、鮨種《すしだね》にしかならないという新子。これが今月の主題である。いくら〝銀座の典座《てんぞ》〟といわれる近藤文夫といえども、本職は天ぷら。私はいささか意地悪な期待を内心に隠して「池波正太郎の食卓」再現の場へ乗り込んだ。

案の定、新子は寿しだった。しかし、その寿しは流石《さすが》、銀座の典座ならではの「新子の黄菊押し」である。その卓抜な着想と見事というしかない出来映えに、私は絶句した。口惜《くや》しいから最敬礼はせず、

「近藤さんなら、まァこのくらいのことはやるだろうと思っていましたよ」

野菜は食用とする部位によって果菜《かさい》・葉菜《ようさい》・根菜《こんさい》の三つに大別され、葉菜をさらに細かく区分すると花菜・茎菜・葉菜になる。花や蕾《つぼみ》、またそれのついた花茎を利用するのが花菜で、果菜と区別するためにこれは花菜《はなさい》と読む。近年、西洋かぶれがエディブルフラワーなるものをありがたがっているが、日本には万葉の昔からちゃんと花菜があったのだ。

花菜の王者が料理菊である。数多《あまた》ある品種の中から特に花弁が厚く、苦味が少なく、香気の高いものが賞用されてきた。近藤文夫創製の「新子の黄菊押し」は、料理菊の賞味法に新たな次元を拓《ひら》いたものとして、まさしく〝絶品〟だった。

残念ながら、これは自宅《うち》でまねのしようがない。押寿しの木枠もないし、所詮《しょせん》、新子そのものが素人《しろうと》には入手不可能である。そこで考えたのだが、二杯酢に漬けた黄菊と繊《せん》切《ぎ》りにした小鰭（むろん定法通りにしめておく）の和《あ》えものはどうだろうか。これはこれで案外いけるかもしれない。

長月のもう一つのテーマは鮑《あわび》だ。どこの鮨屋へ行ってもたいてい「時価」の腹立たし

「は……」

「何を妙な顔をしているのじゃ。さ、飲め。飲みたくなければ、たくさんおあがり。まだまだ、来るぞ。今日はな、長次が得意の鮑の蒸切《むしきり》という料理《やつ》が出るらしい。味噌をあしらって、なかなかうまいものだぞ」

秋山父子が長次夫婦に見送られて、元長《もとちょう》を出たのは五ツ（午後八時）をまわっていたろう。

剣客商売『陽炎《かげろう》の男／嘘《うそ》の皮』より

豊子夫人が大切にしている
作家のご飯茶碗。

さて、小鰭だが……。

初風が吹きはじめる、ほんの数日の間、その新子がすしやに登場する。（中略）

特有の臭みもまだついていない、若い魚の舌ざわりのよさ。

白銀色《しろがねいろ》に黒胡麻《ごま》を振ったような肌皮の照りも清々《すがすが》しく、

「もう一つ、いいかね？」

『味と映画の歳時記』より

い素材だが、その間然する所なき旨《うま》さに関しては異論の立てようがない。まだしばらく暑さが続く季節、単に貝といえば鮑のこと。水貝《みずがい》・酢貝《すがい》といったら鮑に決まっている。これにはクロあるいはアオと呼ばれる雄貝《おがい》がいい。俗に雄貝とはいうが、雄雌《おすめす》のオスではなく、そういう種類の鮑だ。逆に、煮たり蒸したりにはアカ（通称、雌貝《めがい》）が向く。雌貝もむろんメスを意味するのではなく、これまた別種の鮑である。

クロ、アカの他に、幾分アカに似ているがもっと桁違《けたちが》いに巨大で味も深いマダカ（これが鮑の王様だ）、それに他の三種と違って冬から春が旬のエゾアワビ。日本で賞味する鮑はこの四種と思えばいい（しかし、さらに厳密にいうと、エゾアワビはクロの北方種で、これを南の海へ持ってくるとクロになる、という学説もある）。

近藤文夫の鮑料理は、「蒸切《むしきり》」と「酢貝」の二通りだった。秋山小兵衛《こへえ》が倅《せがれ》・大治郎に、「味噌《みそ》をあしらって、なかなかうまいものだぞ」と講釈をたれる鮑の蒸切もまた〝絶品〟と呼ぶに価《あたい》した。いまや酢貝のコリコリに歯が立たぬ老書生にとっては、これに勝る美味はあり得ないと思うくらいだ。

ついでに八つ当たりをすれば、固くて歯が立たない鮑を生のまま板のように切って酢飯にのせ、そのままでは到底しっくり一体にならないから海苔《のり》を細切りにして巻く、という鮨屋が当節は平気で鮨屋でござい、だ。冗談じゃない。鮨種に使うなら鮑は煮るなり蒸すなりして柔らかい上にも柔らかく――これが江戸前の約束事である。

魚介尽くしの献立に「ずいきと石川芋のふくませ」を一品加えた銀座の典座に対し、私は深甚《しんじん》なる敬意を惜しむものではない。ここでは当然、野菜の一鉢がほしい。しかしながら私には「ずいきのふくませ」だけが、それこそ随喜《ずいき》の涙だった。芋は食べないのだ。芋の類《たぐい》を「まずい」と思うから食べないのではない。その理由は前に書いた通りだ。

その夜、夢枕《ゆめまくら》にあの怖い顔が立ち、緊張の余り息もできない私に、亡師がいった。

「絶品などということば、決して安直に使ってはならぬと、あれほどいったろうが……相変わらずダメだねえ」

長月

ずいきと石川芋のふくませ

材料●ずいき、石川芋（里芋）、昆布、鰹節、酒、みりん、薄口醤油、酢、青柚子

❶ずいきは根元を落とし皮を剝いて5センチくらいに切り、酢を入れた熱湯で柔らかくなるまで茹でる。

❷昆布と鰹の出汁を煮立て追い鰹し、再び沸いたら火を止め、漉す。この出汁で❶を煮て1日おき、味を含ませる。

❸石川芋は茹でて皮を剝き、昆布と鰹の出汁、酒、薄口醤油、みりんで煮る。火を止め、これも1日おく。

❹❷と❸を器に盛り、香りづけに下ろした青柚子の皮を振りかける。

鮑の蒸切

材料●鮑、白味噌、みりん、酒

❶鮑は塩を振ってたわしでこすり、殻をはずす。ワタを除いてボウルに入れ、酒をおたま約1杯かけて1時間ほど蒸す。

❷取り置いたワタを半分ほど擂鉢であたる。みりんでのばした白味噌と酒を加えてなめらかにする。

❸蒸し上がった鮑を食べやすい大きさに切る。殻を器にして盛り、ワタ味噌をかけて出来上がり。

酢貝

材料●鮑、酢、山葵、三杯酢（28ページ参照）

鮑は「蒸切」と同様に身をきれいにして、回りのひだを落とし、1センチ幅に切る。酢水で洗ってから一口大に切り分ける。三杯酢をかけ、山葵をのせる。

新子の黄菊押し

材料●新子、食用菊、二杯酢、酢、塩

❶ざる1杯の菊の花びらを酢を入れた熱湯で茹で二杯酢に半日漬け込む。

❷新子はうろこ、頭、ひれ、尾、ワタを取り、水で洗う。開いて中骨を除き、塩を振っておく。さっと水洗いし、酢に10分ほど漬ける。

❸押し枠に菊を均等につめて一旦上から押さえる。❷を酢から上げ、水気をふいて菊の上に並べる。

❹再び押さえて、上に重し（1キロくらい）をのせて2時間おく。一口大に均等に切る。

二杯酢の作り方

みりんと酢を5：4の割合で用意する。鍋でみりんを煮切ってから昆布を入れる。酢を合わせ、再び沸騰したらすぐ火を止めて、アクをすくいそのまま冷ます。

神無月

団扇《うちわ》であおった七厘《しちりん》の
秋刀魚《さんま》の煙、いま何処《いずこ》。

――初秋ともなれば、いよいよ秋刀魚《さんま》の季節だ。

毎日のように食べて飽きない。

若いころは、どうもワタが食べられなかったものだが、いまは、みんな食べてしまう。

むかしは安くて旨《うま》い、この魚が私たちの家の初秋の食膳《しょくぜん》には一日置きに出たもので、夕暮れとなって、子供だった私たちが遊びから帰って来ると、家々の路地には秋刀魚を焼く煙りがながれ、旨そうなにおいが路地にたちこめている。――

と、池波正太郎が『味と映画の歳時記』の中でうれしそうに書いているように、秋刀魚を焼く煙と匂《にお》いは、東京では秋の決まりのようなもの……だった。いまは違う。

確かに秋刀魚はいまでも秋になればやって来る。ダツ目サンマ科のこのスマートな魚は、八月に入った頃、まず北海道沖に姿を現し、秋の深まりとともに太平洋岸を南下する。房州の沿岸に来たときが成熟期で、一番脂《あぶら》がのっていてうまい。江戸時代の諸国味自慢には「房州の秋刀魚」が誇らしげに記されている。

房州沿岸の秋刀魚漁は例年十月頃がピークで、その後は急に群が小さくなる。秋刀魚軍団の先陣は十二月に入ると大島沖を回って伊豆半島を南下し、このあたりから暖流圏に入って脂肪がなくなり始め、味も落ちてくる。やがて三月末から四月にかけ紀州沖に現れるが、ここまで来るとすっかり脂が抜けてしまい、これが秋刀魚かと思うほど情ない姿に変わる。だから関西では古来、秋刀魚は賞味すべき魚のうちに数えられていないのである。

秋刀魚はやはり房州にとどめを刺す。それを下敷きにしての有名な落語が「目黒の秋刀魚」だ。蛇足を承知でその粗筋《あらすじ》を記せば——目黒の野へ狩に出た殿様、百姓家から流れ出る魚の匂いにたまりかね、飛び込んで秋刀魚の塩焼を初めて食べ、殿中で諸大名に秋刀魚の美味を吹聴《ふいちょう》する。これを聞いた大名の一人が、屋敷へ帰って「余にも秋刀魚をもて」。ところがその秋刀魚、さっぱりうまくない。実は家来が「脂ののりすぎた下魚《げざかな》では恐れ多いから……」と、すっかり脂を抜いて調理したからのこと。

後日、秋刀魚自慢をした殿様に苦情をいうと、

「そちは、どこの秋刀魚を食したのじゃ」

「むろん、房州の産にござりまする」

「それはだめじゃ。秋刀魚は目黒に限る」

まァ、こういう話だ。

私は長いこと「目黒の秋刀魚」が史実に基づいた本当の話であるとは知らなかった。鷹狩《たかがり》に出た殿様とは三代将軍徳川家光で、将軍様に秋刀魚を焼いて出した島村家には「将軍休息の図」なる画と「将軍御節記録覚」がいまも代々の家宝として残っている……

と、石黒正吉著『くらしの中の魚』(毎日新聞社)にある。秋刀魚が江戸庶民に普及するのはもっと後になってから……ということになっているが、私は家光が食べた魚は秋刀魚だと思いたい。

年によって豊漁不漁はあるにせよ、秋刀魚のない秋はあり得ない。冷凍技術と解凍技術が進歩したおかげである。初秋、まだ走りの小形の秋刀魚が主体のはずなのに、びっくりするような大形の脂がのった秋刀魚に出合うことがある。これが冷凍物であるのは間違いないところだが、口惜《くや》しいほどうまい。秋刀魚は脂やけしにくく、もともと冷凍長期保存に向いているのである。

昔から「秋刀魚が出ると按摩《あんま》が引っ込む」ということになっている。秋になって秋刀魚が出回ると、みんな「それっ」とばかり煙を上げて塩焼を食べる。何しろ鰯《いわし》と並んで安い大衆魚の両横綱。池波正太郎ではないが、それこそ「一日置きに……」秋刀魚、秋刀魚だ。秋刀魚の栄養価は大したもので、たとえば牛肉と比べても蛋白質《たんぱくしつ》は同量、脂肪は約三倍、カルシウムは四倍、ビタミン類は何と十二倍。これをせっせと食べれば体調万全で按摩の出番がなくなるというわけだ。

ただし、脂ののった鮮度のいい秋刀魚に限るのはいうまでもない。目が澄み切って輝

殿様が秋刀魚を食べた
茶店は実在した。

秋刀魚は塩焼きにかぎるが、戦前に浅草・千束《せんぞく》町の小料理屋で、
「ちょいと、旨いもんですよ」
と、秋刀魚飯を出されたことがある。
いま、よくおぼえていないが、
秋刀魚を蒲焼《かばやき》のようにしておいて、
釜飯《かまめし》用の小さな釜の飯がふきあがったところへ入れて炊く。
そして、私たちの前へ出すとき、手早く飯とまぜ合わせ、
もみ海苔《のり》をかけて出してくれた……ようにおもう。

『味と映画の歳時記』より

×月×日
昨日の朝、新国劇の解散を新聞で知る。
午後になると、新国劇と関係が深かった私のところへも、
新聞や通信社その他から、原稿やインタビューの依頼があったが、
その大半をことわる。いまさら、何をいうことがあろう。(中略)
夕刊は、アメリカの映画監督ジョン・ヒューストンの死を報じている。
ロース・カツレツで、酒を少しのみ、
今年、初めての秋刀魚の塩焼で御飯を食べた。

『池波正太郎の銀座日記』〔全〕より

き、全身に青紫色の光があるものがいい。腹がしっかりと固い感じでなくてはいけない。鮮度が下がると、まず腹がぶわぶわと、しまりがなくなる。腹切れしているような秋刀魚は論外だ。脂ののり具合は尾のつけ根や口吻《こうふん》（口の先端）で見る。そこに脂がみなぎって黄色くなっていれば申し分ない。ちなみに北海道で漁《と》れる秋刀魚には十パーセント程度の脂肪しかないが、十月初めに銚子《ちようし》へ水揚げされる頃には二十パーセントにも及ぶという。

神無月《かんなづき》、「池波正太郎の食卓」は秋刀魚尽くしである。銀座の典座《てんぞ》こと近藤文夫が調えた膳部は、秋刀魚の塩焼、秋刀魚の沖なます、秋刀魚の生姜《しようが》煮、そして秋刀魚の蒲焼《かばやき》重という四品だった。

「ふるさとの土佐では、秋刀魚なんて、見たことも食べた記憶もないなァ。大学へ入って東京で初めて食べ、ああ、これが秋刀魚というものかと、そのうまさに感動しましたよ」

毎回「池波正太郎の食卓」再現にあたって肝煎《きもいり》を務める土佐松魚《とさのかつお》の弁である。土佐沖ではまったく秋刀魚が漁れないのだから無理もない。子供の頃から落語は好きで、「目黒の秋刀魚」は知っていたというこの男、「秋刀魚が実際どういう魚か、まったくイメージが湧《わ》かなかった」そうである。

「それじゃ秋刀魚のうまさはワタのほろ苦さにあることも知らなかったわけか」

「いや、それは知識としては知ってましたよ。例の佐藤春夫の詩で……」

秋刀魚といえば必ず出てくるぐらい、佐藤春夫の「秋刀魚の歌」は有名だ。土佐松魚ほどの文学青年ではないが、私でさえ冒頭のあたりは微《かす》かに覚えている。うろ覚えのままに記せば、こんなふうだったか――

あはれ　秋風よ　情《こころ》あらば伝へてよ
――男ありて　今日の夕餉《ゆふげ》に　ひとり
さんまを食《くら》ひて　思ひにふける　と。

その後のほうに「青き蜜柑《みかん》の酸《す》をしたたらせて」とか、「さんま苦いか塩つぱいか」というような一行があったはずだが、定かではない。もう十数年も前の話だが紀州へ旅して、紀伊勝浦の駅前でこの「秋刀魚の歌」の詩碑を見た覚えがある。何でこんなところに……と奇異に思い、そうか佐藤春夫はこの土地の出身だったかと納得したものだ。

七厘《しちりん》にもうもうたる煙を上げながら銀座の典座がいった。秋刀魚の塩焼は盛大に煙を上げて焼かなくては本当の味にならない。やっぱり七厘で団扇《うちわ》バタバタというのが一番なんですよ。秋刀魚で一番脂のある腹のところから脂が炭火の上に落ちて、その煙が下から噴き上がって腹のワタのある部分を包み込む。それでちょうどうまい具合にバランスのとれた焼き加減になる……。

近頃では七厘のある家庭が少ない。「七厘ってなに？」という若い連中も珍しくないご時世だ。だから東京の秋から秋刀魚を焼く煙と匂いが消えてしまった。ガスに網をのせて焼くのはまだいいほうで、たいていはガスレンジに組み込まれた無煙ロースターである。これでも秋刀魚の塩焼といえるのか。

だいたい煙と匂いをいやがるのは女である。髪から着ているものまで秋刀魚臭くなるし、部屋にしみついた匂いはしばらく消えないとあっては、それも当然だろう。当然だろうとは思うが、「女房がいやがるから、うちでは秋刀魚の塩焼はあきらめています」という男に会うと、つい頭に血が昇る。ま、余計なお世話か。

近藤流秋刀魚尽くしは四品ともワタのうまさを生かしているところが流石《さすが》典座である。塩焼はむろん一匹をそのまま焼く。生姜煮は筒切りにするだけでワタを取らない。沖なますは肝を別に取っておき、これを味噌《みそ》とともに、刻んだ身に加えてたたく。

沖なますが出色だ。元来は漁師料理で、船の上で、漁ったばかりの魚を火を使わずに最もうまく賞味する知恵である。秋刀魚より鰯や鯵《あじ》のそれが一般的には知られているかもしれない。房州ではこれをナメロウと呼び、いまや代表的郷土料理として、どこの旅館や民宿でも必ず出す。

秋刀魚の蒲焼重も、近藤文夫のそれはワタの風味をきかせている。典座はいった。

「鰻《うなぎ》の蒲焼では、鰻の頭と中骨をよく焼き、これでタレを作る。秋刀魚の蒲焼の場合は、醤油《しょうゆ》・酒・味醂《みりん》を合わせた煮汁をある程度までつめたところで秋刀魚のワタを入れて、

神無月

沖なます

材料●秋刀魚2尾、玉ねぎ半個、味噌適宜、酢

❶秋刀魚は頭を落とし、腹から庖丁を入れ、肝だけ別に取り置いて、三枚に下ろす。骨と皮もきれいに取り除く。

❷❶を粗く刻んで、玉ねぎのみじん切りと一緒に庖丁で叩く。更に味噌をひとつまみと肝を加えて和えるように叩く。

❸バットに平たくのして、たっぷりの酢をかける。表面の色が変わったら酢を切って、器に盛る。好みで醤油をかけても良い。

蒲焼重

材料●秋刀魚、醤油、みりん、酒、ご飯

秋刀魚は三枚に下ろして皮の方から焼く。肝は取り置く。醤油3、みりん1、酒1の割で合わせて強火で煮立て、ここに肝を加えて煮詰め、タレを作る。焼き上がった秋刀魚にタレを塗り、ご飯にのせる。

塩焼

秋刀魚の両面に塩を振り、七厘で焼く。盛大に煙を出すのが美味しく焼くコツ。

生姜煮

材料●秋刀魚2尾、生姜、醤油、酢、みりん、酒、塩

❶秋刀魚は頭を落とし、そのまま筒切りにして、ボウルの塩水に入れておく。生姜は多めにスライスする。

❷竹の皮を裂いて鍋の底に敷き、生姜、秋刀魚の順に入れる。これを酢水で20分くらい煮て臭みをとり、煮汁は捨てる。

❸新たに、ひたひたの水と、酒おたま1杯、醤油2杯弱、みりん1杯を加え、煮汁がなくなるまで煮込んで出来上がり。

さらに煮つめる。これでないと秋刀魚の蒲焼にならない。ワタの風味をタレに移す――これが決め手です」

秋刀魚飯には蒲焼を温かいご飯にのせて鰻丼のようにするやりかたの他に、いつぞや書いた鮎飯《あゆめし》風に生の秋刀魚を炊《た》き込む手もある。これもなかなかうまいもので、紀州で食べて感心したことがあった。脂の抜けた紀州の秋刀魚ならではの料理法で、脂ギラギラの房州の秋刀魚ではかえって合わないだろう。

思い切り鮮度のよい秋刀魚なら刺身がうまい。築地《つきじ》に活魚料理のそれと知られた店があって、そこで初めて食べたときは、あまりのうまさに絶句した。三枚におろした秋刀魚をよく洗ってから薄塩をあて、身が締まったところで皮を剝《は》ぎ、糸作りにする。薬味は生姜と茗荷《みょうが》の繊切《せんぎ》り。うまいことおびただしく、三回お代わりをして「他の客のことも考えろ!」と怒られた。

霜月

こんなものなくても……
とは思うが、松茸《まつたけ》。

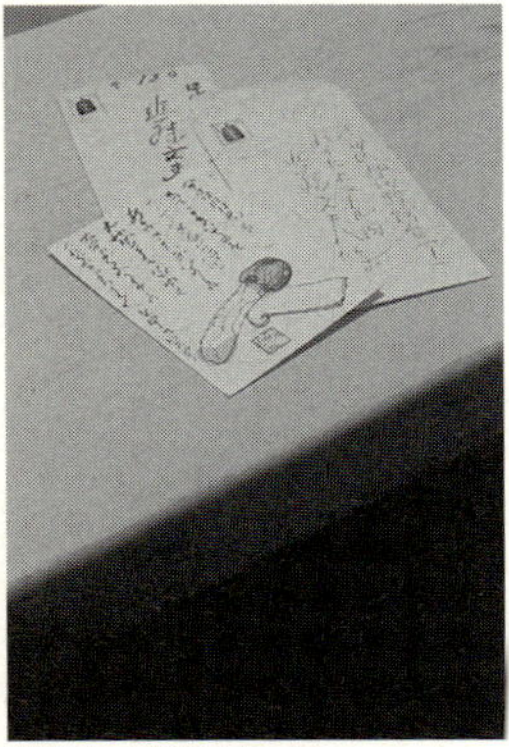

料理人の許に届いた
池波正太郎からの手紙。

秋の味覚の王者といえば、たいていの人が松茸《まつたけ》を挙げるだろう。もちろん、あの香り、あの歯ざわりが何ともいえなくて、他のどんな食べものにもない何かがそこにあるからである。

そして、もう一つには「高い」からだ。それも尋常の高さではない。惚《ほ》れぼれするような姿かたちの本場丹波産松茸ともなれば、一本一万円もしたりする。昔はもっと安かったのかと思ったら、

「むかしもいまも、東京では、松茸は高い」

と、池波正太郎が『味と映画の歳時記』に書いていた。

高いから滅多に食べられない。滅多に口にできないから、しみじみうまい。椎茸《しいたけ》のよう

に栽培されることになったら、松茸はたちまち「秋の味覚の王者」の座から転落するだろう。

実をいうと、松茸が生える条件や栽培の方法はとっくの昔に解明されていて、それが公表されたら松茸が松茸でなくなる、だから栽培法は永遠に闇《やみ》に葬《ほうむ》られているのだ……と、何かの本で読んだ記憶がある。

ありそうな話だ。松茸は高価なもので庶民が年に一度やっと食べるもの、というのがいい。

『池波正太郎の銀座日記』を読み返して、松茸がどのくらい出てくるか、探してみた。結構、頻度は高い。

「昼ごろ、卵とハムの炒飯《チャーハン》を食べ、コーヒーをのんでから、すぐに仕事をはじめ、細かい仕事を一つ一つ片づける。

夕飯は、松茸入りの湯豆腐に清酒一合半。あとはカレー・ライス」

「(前略) 近くの〔慶楽〕で、モヤシと豚肉の焼きそばとビール。きょうは迷わず、これと決めていた。そのかわり、これでは夜ふけに空腹となるので、帰宅してから松たけ飯を大根の浅漬で食べるようにしてある」

「夕飯に、少し松茸を入れた湯豆腐をする。

そして秋の到来をおもい、一年の光陰を感じる」

「午後から銀座へ出て〔壹番館《いちばんかん》〕で紺のダブルを注文する。(中略)早く帰ったので、豚肉とタマネギの白シチュー、松茸のフライで御飯二杯」

「きょうは松茸の初物をフライにして食べた。痛風の腫《は》れは、すっかり引いた」

「夜は松茸のフライに貝柱飯。酒は一合弱になってしまったから、酒の肴《さかな》が、ほとんどいらなくなった」

「二人が帰った後で、松茸のバター炒《いた》めに栗《くり》御飯を食べる」

「昨夜は厚揚げを焙《あぶ》って、オロシ醬油《じょうゆ》で食べながら、酒少量、その後で松茸御飯、豆腐と松茸の吸物。食欲が大分にもどってきた(後略)」

「昨日は、鱈《たら》の粕漬《かすづけ》に松茸御飯。たっぷりと食べられた」

「昨日、家人がデパートで韓国の松茸を買って来たので、朝は松茸の炒飯にする。旨《うま》い。午後は歯科医行。(中略)夕飯は、家へ帰って、松茸のフライ。旨い。きょうは食欲が出た」

「夕飯は、韓国産松茸のフライ、鶏、卵のそぼろ御飯」

「朝は、小さなロース・カツレツと松茸御飯。松茸御飯は一夜置いたほうがよい。(中略)夜は、煎《い》り鳥と松茸のフライ。友人のU君が旨いジャガイモを送ってくれたので、ポテトサラダをつくらせておく」

私が調べたところでは、これで全部である。見落としの可能性はないとはいえないが、あっても一つ二つだろう。亡師が日記に書いているのは「荏原《えばら》の自邸」で食べた松茸のみである。料理屋は早松茸《さまつ》の頃からすぐに使い始めるから、外ではずいぶん食べているはずだが、何故《なぜ》かそれは日記には出てこない。

松茸といえば定番の「蒸し焼き」「土瓶蒸し」ではなく、「松茸のフライ」「松茸のバター炒め」であるところが、いかにも池波正太郎らしい。〝洋食党〟の面目躍如たるものがある。ここ数年、私が味の師匠と惚れ込んで通いつめている庖丁処《ほうちょうどころ》の主《あるじ》も「松茸はフライに限る」と、断言しているから、これが一番東京っ子の好みに合う松茸賞味法ということか。

松茸炒飯が実にうまそうだ。残念ながらまだその味を知らないが、一度は試してみたいものである。韓国産でいいのなら拙亭でも実現の可能性はある。しかし、池波流松茸炒飯は松茸の他に何を入れるのだろう……。卵ぐらいか。あるいは松茸以外は何も入れないのか。「ごちゃごちゃ色んなもの入れたらダメだよ」という亡師の声が聞こえてくるようだ。

テレビで「剣客商売」シリーズが始まり（平成十年十月より）、そこに出てくる料理は全部、近藤文夫が引き受ける……と、土佐松魚《とさのかつお》に聞いた。撮影は京都のはずである。

「銀座の典座《てんぞ》が毎回京都まで出張《でば》るのかい」

「いえ、料理をタッパーに詰めて送るそうですよ」

主人公・秋山小兵衛《こへえ》については、もう古い話ながら帝劇で歌舞伎《かぶき》の名優（いまは人間国宝）中村又五郎が演じた小兵衛が、私の頭に焼きついている。私にとっては小兵衛イコール又五郎だ。それを藤田まことがどう演じて見せるか、興味津津《しんしん》という所だが、これでもう一つ、どんな料理がどう出てくるか、楽しみがふえた。ちなみに私は藤田まことのファンで「はぐれ刑事」を見逃したことはない。

本業が天ぷらの近藤文夫だから、もしかしたら松茸のフライが出てくるかなあと、いささかの期待はあったのだが、実際はオーソドックスに蒸し焼きと松茸御飯だった。油で揚げるという点は同じでも、天ぷらとフライは異次元のものなのだろう。

立派な信州松茸がたっぷり入った〝本物〟の松茸御飯をもらって帰り、晩飯にこれを食べながら〝偽物《にせもの》〟との差について考えた。恥ずかしながらわが家のそれは、材料がスーパー特売の外国産で「むせかえるような松茸の香り」など望むべくもないから、炊《た》くに当たって一つの策略を弄《ろう》する。

即《すなわ》ち「永谷園の松茸の味お吸いもの」なる粉末材料を、茶漉《ちゃこ》しでふるいにかけたのち、米を炊く水に加えるのである。松茸は香りと歯ざわりが生命《いのち》。外国産でも大ぶりに切って使えば一応の歯ざわりはある。で、香りのほうは永谷園に頼るわけだ。これでどうに

小兵衛は、
長次が出した海松貝《みるがい》の刺身で酒を五勺《しゃく》ほどのみ、
あとは長次夫婦の惣菜《そうざい》だという
沙魚《はぜ》の甘露煮と秋茄子《なす》の香の物で、
飯を一ぜん腹へおさめ、ゆっくりと休息をしてから、
「ああ、うまかった……」
「それにしては大《おお》先生。軽すぎますねえ」
「長次。わしの年齢《とし》を考えろ」

剣客商売『十番斬り／白い猫』より

ウニ、佃煮、鯛の刺身など
酒の肴を楽しんだ碗。

松茸の香気と、独自の歯ごたえは、
ちょっと筆や口にはつくせぬものがある。
河豚《ふぐ》と同じで、
（こんなものに、どうして、
こんなに魅了されるのだろう？）
と、おもうが、われながら、
「それは、こうだ」
はっきりとした、こたえは出ない。

『味と映画の歳時記』より

か松茸御飯らしくなる。

「そんなものが松茸めしといえるか！　そうまでして松茸御飯もどきを食べることはない！」

と、池波正太郎なら怒鳴りつけることだろう。まったくその通りで、返すことばがない。

銀座の典座の沙魚《はぜ》二品は、どちらも文句なしの美味だった。ことに煮付けが酒によく合う。世界にハゼ類は七百種もいるそうだが、そのうち日本に産するのは約百五十種。われわれが食用として珍重するのは真沙魚《まはぜ》あるいは本沙魚《ほんはぜ》と呼ばれるものだ。

真沙魚は冬季、深い所に避寒して抱卵し、早春水温が高まると活動を始め、浅い場所へ移って産卵する。八十八夜を過ぎると繁殖を終わって肉が落ち、味も落ちる。それが夏を経て秋の彼岸ともなれば、親沙魚が体力を回復する上に、当歳の稚魚も十センチぐらいに生長するから、「沙魚はバカでも釣れる」ということになるわけだ。

その言に釣られて私も一度、東京湾で沙魚釣りを試みたことがある。確かによく釣れたが、帰ってから一騒ぎだった。女房が沙魚を嫌うことおびただしく、たいていの魚は何とか一人前におろすが「沙魚だけは死んでもイヤ。触るはおろか見るのもイヤ」これである。

結局、あのときは行きつけの居酒屋へ持って行き、そこで拝み倒して天ぷらと刺身を食べさせてもらった覚えがある。ずいぶん高いものについた沙魚だった。以来、私の場合は、沙魚は外でしか食べられない珍味とあきらめている。

沙魚が最もうまいのは、やっぱり頭と中骨を取って揚げた天ぷらで、秋から初冬にかけて江戸前を看板とする天ぷら屋へ行けば、まず間違いなくうまい沙魚にありつける。ただし、当節、沙魚は決して安くない。

「そりゃ、沙魚は天ぷらが一番ですよ。だけどねえ、高いんですよねえ、これ。きょうなんかキロ六千円ですから……」と、「てんぷら近藤」の主は嘆いた。いまや大変な高級魚なのである。

それでいて沙魚はおよそ高級魚らしからぬ顔立ちだから損をしている。『池波正太郎の銀座日記』のある一日に、こうある。

——さむい一日。姪《めい》が高島屋で買って来た野田岩の鰻《うなぎ》を温めて食べる。夜は、またカーク・ダグラス自伝の下巻へ取りかかる。途中でやめ、小説新潮の絵を描く。毎月、魚の絵ばかりなので、描いているほうが飽きてしまうが、今月は沙魚の絵なので、ほっとする。沙魚は、どこか愛嬌《あいきょう》があって描きやすい。——

その絵は『剣客商売　庖丁ごよみ』に載っている。これからテレビで藤田まことの小兵衛を観《み》るときは、この新潮文庫の一冊が座右必携ということになるだろう。

霜月

松茸御飯

材料●松茸、出し汁、醤油、塩、米

❶松茸は石づきをおとして固く絞った布で汚れをとり、縦に薄切りにする。
❷昆布と鰹節の出汁を、米2に対し5の割合で用意し、醤油と塩で味を調える。おすましより少し濃いめに。松茸、米とともに釜に入れて炊く。
❸初め強火、沸騰したら中火に。火を消す寸前に再び強火にしてパチパチはぜる音がしたら10まで数え火を止める。

沙魚の甘露煮

材料●沙魚6尾、番茶、酒、みりん、醤油

❶沙魚は庖丁で鱗をとり、口から尾まで骨に沿って金串を打ち、あとで煮くずれないようあぶっておく。
❷鍋底に沙魚が焦げつかぬよう竹の皮を敷き、❶を並べる。番茶を煮出して漉し、鍋に注ぐ。落しぶたをして20分くらい煮る。
❸煮汁を捨てる。おたまで水2杯、酒1杯半、みりん2杯半、醤油1杯を量り❷の鍋に入れ、再び1時間ほど弱火で煮込む。
❹汁が煮詰まり、照りが出たら、竹の皮ごと取り出し、器に盛る。

松茸の蒸し焼き

松茸は石づきを落とし、汚れをふいて軽く塩を振る。和紙で包んでからアルミホイルでくるみ、直接七輪の炭火にのせる。回転させながら、指で押して柔らかくなったら焼けている。堅い皮の1カ所に庖丁を入れた栗も一緒に焼き、つけあわせにするとよい。

沙魚の煮つけ

材料●沙魚5尾、酒、みりん、醤油

2：1の割合の醤油と酒、少々のみりんを鍋に入れ、アクを取りながら強火で煮立てる。鍋を火から下ろし、沙魚を入れ再び強火で煮る。沸騰したら火を止めて出来上がり。鹹（から）めの味つけでさっと煮るのがポイント。

師走

東は軍鶏《しやも》、西はかしわ。
湯気がうれしい鍋《なべ》の夜。

神無月《かんなづき》（平成十一年）の初旬のことだが……。

「池波正太郎展」を観《み》るため、久しぶりに家人を伴って浅草へ行った。どういう風の吹き回しか、「台東区・台東区教育委員会」連名の厳《いかめ》しい封書が舞い込み、何事ならんと恐る恐る開けてみたら、案内状だったのである。

「灰汁《あく》ぬけない……」ことを何より嫌った亡師がこれを見たら、多分、舌打ちの一つもして、こういったろう。

「おれの絵の展覧会なんだから、洒落《しやれ》た絵はがき作って出せばいいんだよ……」

しかし、流石《さすが》に絵は素晴らしかった。観るたびに思うが、完全に玄人《くろうと》である。フランスの風景と人々が主題の画展だから、ひどく懐《なつ》かしい思いをした。私にとっては、いまは本当とも思えないほど遠い昔の夢だ。

せっかく浅草へ来たからには、池波正太郎ごひいきの「前川」で鰻《うなぎ》か、「リスボン」でカツレツかと私は考えたが、敵は「お鮨《すし》が食べたい」という。鮨か……。

浅草には有名無名とりまぜて数え切れないほどの鮨屋がある。どこにしようかと思いつつ歩いていると、ひょっこり「金寿司」の前へ出た。来るたびに探して、いままで見つからなかった店だ。（これは荏原《えばら》の先生に呼ばれたに違いない……）と、観念して暖《の》簾《れん》をくぐった。

名著『食卓の情景』に、浅草名代の鮨屋へ入った池波正太郎が小生意気な職人の態度に腹を立て、店を飛び出す件《くだり》がある。その野郎、いきなり竹箒《たけぼうき》で掃除をはじめ、その手を洗いもせず、ふきもせず、また平気で鮨を握りはじめたものだ。

——二度と私は、この［A］へ足をはこばないだろう。

もっとも浅草には、こんな店ばかりではない。

むかしながらの、よい気分を残した食べもの屋が、いくらもある。（中略）げんに私は、その日［A］を出てから、雷門西側の小さな鮨屋［金寿司］へ入り、女の職人がにぎる鮨と酒ですっかり気分をよくしてしまった。——

女あるじの職人はいまも健在で、われわれ夫婦もまた金寿司の鮨と酒ですっかり気分をよくしてしまった。「最後はさっぱりと、これがいいよ」と出された山葵《さび》のきいた海苔巻《のりまき》が忘れられない。近頃出色の干瓢《かんぴょう》の煮かただった。

盛大に飲み且《か》つ喰《くら》ったあとは散歩をしなければならない。合羽橋《かっぱばし》の料理道具屋街を冷やかし、稲荷町界隈《いなりちょうかいわい》で仏壇を物色し、とうとう池之端《いけのはた》から湯島まで歩いた。

池之端には私が日本一と断じてはばからぬ軍鶏鍋屋《しゃもなべや》「鳥栄《とりえい》」がある。軍鶏といえば、池波小説ファンならすぐさま、本所《ほんじょ》の「五鉄《ごてつ》」を思い浮かべるだろう。鬼平こと火盗改メの長官長谷川《はせがわ》平蔵と配下の密偵たちにとって、最も重要なアジトの一つだ。

「いまでも五鉄みたいな軍鶏屋があったら、三日にあげず通うのになァ……」

と、あるとき私がボヤくと、池波正太郎がいった。

「ないことはない。池之端の鳥榮へ行ってごらん。ただし、あそこの親父《おやじ》は講釈がうるさいからな、覚悟して行けよ」

さっそく駆けつけ、たちまち鳥榮のとりこになった。鳥鍋はすきやき風か味噌《みそ》仕立てが多いが、ここの鍋は正確にいうと「軍鶏のスープ煮」である。澄んだスープで煮た軍鶏肉を染めおろしと粉山椒《こなざんしょう》で食べる。最後は温かいご飯に染めおろしをたっぷりのせ、そこへスープをかけてソップめしにする。

「うちの軍鶏鍋は〝人情の味〟です。それがわかる齢《とし》になるまで、若い者には来てもらわなくていい」

と、講釈の最後をしめくくった先代の親父さんの声が、まだ私の耳に残っている。その先代は亡《な》くなったが息子中澤博夫と女房百合子が立派に跡を守り抜き、鳥榮の味には寸分の狂いもない。

ここ二年近く鳥榮にはごぶさたしている。行きたいのは山々だがまったく予約が取れないのだ。あきらめて自宅《うち》で挑戦しようと思っても、いい軍鶏そのものが素人《しろうと》にはなかなか手に入らない。

料理人が勤めた山の上ホテルには
今も池波正太郎の絵が。

「ま、ゆるりとやろう」

小兵衛が、おはるをも座に加えて、たのしげに語り合い、膳《ぜん》のものをすっかり食べ終えてから、おはると三冬が台所へ飛び込んだ。

つぎは軍鶏である。

これは、おはるが自慢の出汁《だし》を鍋に張り、ふつふつと煮えたぎったところへ、軍鶏と葱《ねぎ》を入れては食べ、食べては入れる。（中略）

「うまいな。久しぶりじゃ」

「この出汁は、どのようにして？」

「はあい、三冬さま。今度、教えてあげますよう」

剣客商売『春の嵐／除夜の客』より

×月×日
朝、京都の甘鯛《ぐじ》を焼いて食べる。
旨いので、御飯二杯も食べてしまう。（中略）
午後から来客二組。
御飯を食べすぎたので、私は菓子をひかえていたら、客のひとりが、
「おかげんが悪いのですか？」
と、いう。
齢《とし》をとると何かにつけて、人が心配してくれるものだ。
『池波正太郎の銀座日記』〔全〕より

軍鶏は文字通り軍《いくさ》の鶏である。古くはもっぱら闘鶏用として飼育され、他の品種に比べてひときわ背が高く、姿は精悍《せいかん》、気性は荒々しく、二羽の雄を一緒にしておくとどちらかが倒れるまで戦い続ける。人間に対してさえ猛然と向かってくるくらいだ。羽毛の装飾は少なく、色によって赤笹《あかざさ》（褐色）、白笹、銀笹、黒の四種に分けられる。シャム（タイ国の古称）あたりが原産地といわれ、シャムが訛《なま》ってシャモになったらしい。

喧嘩《けんか》専門の鶏だから当然筋肉が発達し、引き締まった肉に何ともいえない滋味がある。ぶよぶよで脂《あぶら》っぽいブロイラーとはわけが違う。味わいは淡泊で、さんざんうまいものを食い尽くした果てに齢をとって初めてわかるうまさ、である。酒でいえば「さわりなきこと水の如《ごと》し」という越後《えちご》大吟醸「鄙願《ひがん》」だ。

池波正太郎にとって軍鶏は好物の一つだったようで、「剣客商売」や「仕掛人梅安」シリーズのほか「鬼平犯科帳」にも登場させている。

——つぎに、軍鶏の臓物《ぞうもつ》の鍋が出た。

新鮮な臓物を、初夏のころから出まわる新牛蒡《ごぼう》のササガキといっしょに、出汁《だしじる》で煮ながら食べる。熱いのを、ふうふういいながら汗をぬぐいぬぐい食べるのは、夏の快味であった。

「うう……こいつはどうも、たまらなく、もったいない」

次郎吉、大よろこびであった。——

『鬼平犯科帳・明神の次郎吉』より

江戸っ子の嗜好《しこう》や心意気を象徴する格好の素材だったということだろう。

東で軍鶏がうまい鶏の代名詞になったのに対し、西では「かしわ」である。元来は中国大陸から輸入された黄鶏のことで、羽毛が柏《かしわ》の葉の枯れた色だったことから、こういう呼び名になったという。その後に入ってきた洋鶏より断然うまかったから、いつしか上等な鶏肉をすべてかしわと呼ぶようになった。

いよいよ〝鍋の季節〟である。火を囲んで鍋の湯気に鼻を濡《ぬ》らしながら酒敵と酌《く》み交わせば、いっとき木枯しの憂《う》き世を忘れる。

「きょうはいい軍鶏が入ってるよ。まァ、見てくださいよ」

と、近藤文夫は鍋の材料を出して見せた。惚《ほ》れぼれするような色艶《いろつや》だ。普通の鶏より幾分肉色が濃い。肉質はむろんやや硬めだが、だからといってあまり煮込んでしまうと味が抜ける。そこで出汁《だし》をしっかりとり、肉はさっと煮てすぐ食べる。

この日、「池波正太郎の食卓」で銀座の典座《てんぞ》が鍋に取り合わせたのは、芋膾《いもなます》、筋子《すじこ》と菊花と辛味大根の和《あ》えもの、それに甘鯛《ぐじ》の飯蒸《いいむ》しの三品だった。筋子はいうまでもなく生をみずからほぐし、合わせ醤油《じょうゆ》に漬け込んだ手製で、合わせ醤油の加減は私の好みではもう少し甘さを抑えてもいいと思ったが、味見をしているうちにどうしても酒が欲しくなり、臆面《おくめん》もなく冷えた吟醸を一本ねだってしまった。なるほど、酒を飲みながら味わうと、このくらいの甘さも悪くない。

芋膾は「鬼平犯科帳」の一篇『兇賊《きょうぞく》』に出てくる。——これは、里芋の子を皮つきのまま蒸しあげ、いわゆる〔きぬかつぎ〕をつくり、鯉《こい》やすずきなどの魚を細目につくって塩と酢につけておき、芋の皮をむいて器へもったのへ魚の膾《なます》をのせ、合せ酢をかけまわし、きざみしょうがをそえた料理だ。——と、池波正太郎が細かく説明している。

「池波先生のは子芋に味をつけてないんですよ。これはやっぱり芋自体にも土佐酢で味を含めたほうが、膾の魚との相性がいいと思いましてね……」

と、近藤文夫は工夫の一端を明かした。こういうひとひねりが流石《さすが》、銀座の典座である。

甘鯛は小ぶりの赤アマだった。赤、黄、白の三種があるなかで白皮《しらかわ》と呼ばれる白が最もうまいとされる甘鯛だが、池波正太郎自身はそういう「通」を笑って「私には赤も黄も旨《うま》い」と『剣客商売 庖丁《ほうちょう》ごよみ』に書いている。その一文に添えられた甘鯛の挿絵が実にいい。武士を思わせる真鯛《まだい》の凜《りん》とした姿とは大違いの、どこかトボケて間抜けな感じがよく出ている。

甘鯛が間抜け面《づら》だというのは私の偏見であって、京都でそんなことをいったら大いにヒンシュクを買うのは間違いない。甘鯛は秋から冬の間、京料理の主役になる「男前の

師走

芋膾

材料●石川芋、平目、出し汁、酢、塩、三杯酢(28ページ参照)

❶石川芋は蒸して尻の方から皮を剝き、ボウルに入れる。三杯酢と出し汁を同量注ぎ、2時間ほど漬け込む。
❷平目は三枚に下ろし皮を剝ぐ。両面にたっぷり塩を振り、キッチンペーパーで挟んでバットにのせる。軽く重しをして30分ほど置き、身を締める。
❸❷を洗って5分ほど酢に漬け込む。これを薄くスライスして❶とあえ、器に盛る。

軍鶏鍋

材料●軍鶏、大根、ねぎ、昆布、玉ねぎ、生姜、米、醬油、酒、砂糖

ねぎの青い部分、玉ねぎ、生姜を刻み、軍鶏のガラ、昆布と共に水を張った鍋に入れ、弱火で3時間ほど煮込む。臭み抜きに一握りの米を炒って鍋に加えさらに1時間煮る。これを布で漉した出汁5に対して醬油2、酒1、砂糖少々で調味。土鍋にこのつゆを注ぎ、大根を入れて火にかける。大根が煮えたところで軍鶏の肉とねぎを加えて火を通す。

家庭で簡単に作る場合は、鶏ガラとねぎの青い部分、昆布を中火で3時間ほど煮込んで漉し、醬油とみりんで調味してもよい。

筋子と菊花と辛味大根の和えもの

材料●筋子、食用菊、辛味大根、酒、みりん、醬油、酢

筋子はボウルに入れて、酒1、みりん2、醬油2の割合で回しかけ、そのまま5日ほど漬け込む。菊は花びらをむしり酢水で茹でる。辛味大根は半月にスライス。これらを軽く和えて出来上がり。

甘鯛の飯蒸し

材料●甘鯛、もち米、柚子、塩

❶甘鯛は鱗を落として三枚におろす。丁寧に骨抜きし、塩を振って半日くらい置き、身を締める。
❷もち米は一昼夜水に浸してから蒸す。途中、透明感が出てきたところで、返しながら塩水を振る。10分後に再び塩水を振って、さらに5分で蒸し上がり。
❸柚子の薄皮を刻んで❷に混ぜ、手鞠に握る。濡れ手拭いに甘鯛の切り身、手鞠の順にのせてきっちりと絞る。甘鯛は皮を外にすると後で反らない。
❹ラップに❸を包みなおして蒸し器で蒸す。甘鯛に火が通ればOK。

魚」なのである。

ところで、飯蒸しはたいてい小さな蒸籠《せいろ》か蓋物《ふたもの》で出てくるものだが、これを手鞠《てまり》ずしのようにしたところが近藤流のアイデアだ。とにかく「人とは違うことをする」のでないと気が済まない料理人である。おこわの中に刻み柚子《ゆず》を忍ばせてあるのも気がきいていた。

甘鯛を一匹買ったら、身は一塩の細作りもいいし、酒蒸しも悪くない。肝腎《かんじん》なことは頭や中骨や鱗《うろこ》つきの皮や尾を捨てるべからず、である。焦《こ》げ目がつくまでこんがり焼き、酒をたっぷりきかせた吸物にすると天下一品。身のほうは全部人にやってもいいと思うくらいだ。

正月

おせちと雑煮で
人のルーツがわかる。

形見分けの風呂敷。

元旦には一家そろっておせちを食べ、雑煮を祝う。かつて日本の家庭の暮らしは、ここから始まるものと決まっていた。それがいまはどうか。倅《せがれ》はスキー、娘は海外ツアー、親は親で温泉へ出かけたり、リゾートホテルへ暮から泊まり込んだりという時代である。

こうなると、おせちもへったくれもない。何も手間ひまかけておせちなんか作らなくたって、いまは冷蔵庫というものがあるんだから、三ヶ日どこもかしこも休みでも別段食べるものには困らない……という理屈がまかり通っている。

思うに、こういう風潮は女が強くなったこと（それだけ男が弱くなったこと）に主たる原因がある。昔からおせち作りは女にとって一年を締めくくる大仕事だった。材料としての保存食品はあっても、今日のように電子レンジでチン！　でおしまいというわけにいかない。数の子一つを見ても、いまは塩数の子を塩抜きするのに一晩で済むが、昔の干数の子は米のとぎ汁につけて十日以上かかった。そうでなくても忙しく、頭の痛いことが多い年の暮に、何もわざわざおせちなんか用意しなくたっていいじゃない、どうしてもなくちゃいけないというならデパートでいくらでも買えるわよ……という女の主張に男どもが太刀打ちできなくなっている。池波正太郎が生きていたら何というだろうか。

池波家の元日は『食卓の情景』の中に、こう書かれている。

——元日の、私の起床は午前十一時。

老母が腹をへらして、地団太を踏みながら、私の起床を待っている。（中略）

女たちが、

「今年も、どうぞ、よろしく」

というのを、

と、受けた私が、

「うむ!!」

「去年は、お前さんたち……」

と、去年の女たちの業績に対し、批判をするなり、ほめるなりしてから、

「さて、今年も、しっかりやってもらいたい」

と、いう。

それから、屠蘇《とそ》を祝い、御節《おせち》を食べ、酒をのみ、年賀状を見て、雑煮を食べる。――

池波家のおせちは、ずっと亡師の母が、戦前の下町の習わし通りに作っていた。「変哲もないものだ。煮しめ、きんとん、カズの子、昆布巻など……」と、池波正太郎は書いている。それが晩年のある年から変わった。当時、駿河台《するがだい》の「山の上ホテル」で和食全体を司《つかさど》っていた近藤文夫が、おせち一式を詰めた三段重をみずから荏原《えばら》へ届けるようになったのである。

あれは私が通いの書生のような形で荏原詣《もう》でを始めて何年目のことだったか……。初めてフランス周遊に同行し、帰国して間もなくだったような気がする。小ぢんまりとして居心地がよく、家族的な親しさがあって、食いものがうまいフランスの田舎のホテルがすっかり気に入った池波正太郎は、私に命じた。

「ああいうプチホテルが東京にはないのかねえ。きみ、探してみてくれないか」

いわれたその場ですぐ私は（これは「山の上」しかないだろうな……）と思ったが、一応即答はせず、それから一カ月ほどかけて都内のこれはと思うホテルをせっせと調べて回った。まあ、そのふりをしたというほうが正しい。全部泊まってみたわけではなく、泊まったのは実をいうと一軒だけで、あとはもっぱら食べ回っただけ。集めたパンフレットの一つ一つに、何故《なぜ》ここはだめかという私なりの注釈をつけ、結論として「山の上ホテル以外にありません」。池波正太郎は「やっぱり、そうか……」と、最初からお見通しだった。何かといえば私が「あそこのバーはいいです。天ぷらは山の上が私にとっては日本一です」と、吹聴《ふいちょう》していたからである。

やがて池波正太郎は「山の上」の常連客となり、毎月一週間から十日ほどをここで過ごすようになった。そして近藤文夫の料理に惚《ほ》れ込み、近藤文夫は池波正太郎に心酔し、こうして作家と料理人の深い交流が始まる。

年の初めの「池波正太郎の食卓」は、近藤文夫が毎年精魂こめて調え、大晦日《おおみそか》に荏原の池波邸へ運んでいたという特製おせちを、まだ霜月のうちに無理をいって再現してもらった。今年、われらが〝銀座の典座《てんぞ》〟は二回おせちを作ることになる。大晦日のおせち届けは、池波正太郎亡《な》き後も変わることなく続いているのである。

「もう、かれこれ十五、六年になりますかね……。大変なんだよ、おせちは。この二週間てんやわんやだったよ。ちょっとでも手を抜いたら、あの世から出てきて怒るでしょうからね……」

三段重のおせちは確かに見事なものだった。見た目もさることながら、詰め合わされた一品一品に気迫のようなものが感じられる。実際に届けられるおせちはこの日撮影したものよりもっと品数が多いと聞いた。

「山の上ホテル」が特別な客のためにおせち届けを始めたとき、当時の社長が認めた調製必要経費は七万円だったそうである。

「それで何軒分を作るんです？」

「池波先生と、他にもう一人、山本健吉先生のところと、二軒分」

「十五、六年前なら、それだけあれば……」

「いや、いや。それでは到底できないから、毎年あの頃でも二十万円、ぼくは自腹《じばら》です」

ご本人が亡くなってからが本当の恩返しと思って気合いを入れている、という。仕入れてくるものはすべて素材だけで、何から何まで本当の手作りである。たとえば「小鰭《こはだ》の卯《う》の花《はな》漬け」にしても、まず卯の花を自分で作るところから始めるのだ。頭が下がる。

この小鰭の卯の花漬け、さすがに間然する所なき味だった。これ一つあれば、いくらでも酒が飲めそうだ。伊達巻《だてまき》も摺《す》り身《み》に鱧《はも》を使うという贅沢《ぜいたく》なものだったが、やっぱりこれで酒を飲むには（私にはいささか）甘過ぎる。伊達巻を除けば、どれも比較的鹹《から》めにしっかり味つけがしてある。これが伝統的な東京の下町風というものだろう。

「ぼくは生まれも育ちも足立《あだち》のほう、亀有《かめあり》と綾瀬《あやせ》の間あたりでね。だから同じ下町育ちということで、池波先生とは気質に共通するものがあるんですよ……」

と、近藤文夫はいい、

私の母などは（中略）、
ただもう、正月のお節《せち》を
つくるための費用を捻出《ねんしゅつ》するため、
あたまをいためていたものだ。
金がないときは、
「質へ入れても……」
お節をつくり、荒《あば》ら家《や》の畳を入替え、
襖《ふすま》、障子を貼替《はりか》える。
『食卓の情景』より

湯布院から池波家に届いた柚子の籠に、
今年はみかんを飾って。

私の正月は、やはり、年賀状からはじまる。
年末の数日が私の休暇で、
大晦日《おおみそか》から仕事にかかっているから、
昼近くなって起床する。（中略）
重箱の料理で酒をのみながら、
一枚一枚と年賀状を見るのが、元旦のたのしみだ。
何年も会わぬ人びとの顔や暮しを想いながら、
二合ほどのむ。
『私が生まれた日』より

「簡単でいいよ、うちはもう年寄り三人なんだからねと先生にいつもいわれましたがね。じゃあってんで簡略にはできないのが下町っ子気質なんだよなァ」

と、つけ加えた。

ちなみに、池波家と近藤家は、雑煮も同じである。どういう雑煮か。『食卓の情景』で池波正太郎が説明している。

「雑煮は、むかしから［名とり雑煮］といって、小松菜と鶏肉だけ。この熱い清汁《すまし》を、こんがり焼いた餅《もち》を椀《わん》に入れた上から、たっぷりと張る。決して餅を煮ない」

菜と鶏肉《とり》で「名取《なとり》」にかけたのである。もともと江戸は武士の都で、その風土に育《はぐく》まれた〝名を大切にする気風〟が雑煮一つにもあらわれている。決して餅を煮ないのは、餅がとけて汁が濁るのを嫌うからだ。濁ってしまったら名取雑煮にならない。

「味噌《みそ》仕立てで芋が入っている京都や、昆布出しの大阪とは違うんだ。東京は鰹節《かつぶ》出しのこれに決まってる」

と、近藤文夫はまるで池波正太郎のような歯切れのよい台詞《せりふ》を吐いた。

どういうわけか雑煮に関しては、人間だれでもそれぞれに自分が食べて育った土地の雑煮が当たり前と思い込んでいる。その思い込みが貴重なのだ。当たり前と思って食べているものによって、その人間のアイデンティティーが定まるからだ。元旦に家中そろって同じ雑煮を食べるから家族の絆《きずな》が生まれる。それをしなくなったときから次第に家族は離ればなれになっていく。

「池波正太郎の食卓」再現組合では、写真の「田の字」も、「小説新潮」編集部の花・鈴木佐和子も、そして私も名取雑煮だが、組合長である土佐松魚《とさのかつお》のそれだけがユニークだった。

「土佐清水に近い漁村で育ったうちのおふくろの雑煮は、鰤《ぶり》のカマで出しを取って、味つけは醤油《しょうゆ》と少量の砂糖と味の素でかなり濃い目。具は竹輪と水菜。餅はアンコ入りで、少し固くなったのを焼いて入れる」

このすばらしい雑煮！

さて……。

霜月二十三日（平成十年）に開館した「池波正太郎　真田《さなだ》太平記館」のことも書くはずだったが、紙数が尽きた。これについてはいずれ書こう。

正月

一の重　伊達巻

材料●ハモの擂り身300g、卵5個、砂糖おたま2杯

❶ハモの擂り身は擂鉢でよくあたる。卵を一つずつ加え、最後に砂糖を入れてなめらかになるまで入念に擂る。
❷卵焼き器に油をなじませ❶を流し込む。初めに焼く面が表になるので弱火でじっくりと。焦げやすいので注意。
❸きれいに焦げ目がつき全体に火が通ったら、竹串などで四方をはがし、とじぶたの上に一度あけてから裏返す。
❹裏面に軽く焼き色がついたら熱いうちに巻き簀で巻く。輪ゴムでとめ、小1時間立てておく。冷めてから切る。

二の重　昆布巻

材料●みがきにしん、昆布、かんぴょう、酒、醤油、砂糖、みりん

❶昆布は水で戻す。にしんは頭と尾を落として中骨を取り、ハラスの部分を削ぎ取る。細長く二等分にする。
❷昆布の寸法よりもやや長めに切ったにしんを昆布で三重に巻く。かんぴょうで2、3カ所を固結びにする。
❸鍋におたまで水4杯、酒半杯、醤油半杯、砂糖半杯を入れて❷を並べる。落としぶたをして煮含める。
❹汁が減り竹串がすっと通ったら、みりん半合を加え軽く煮立てて照りを出す。冷めてから切り分ける。

三の重　煮しめ

材料●京にんじん、れんこん、干椎茸、こんにゃく、里芋、牛蒡、手羽先、酒、砂糖、濃口醤油、薄口醤油

❶干椎茸は戻す。里芋は皮を厚く剝き六角形に面取り。れんこん、牛蒡は皮を剝いて程よく切り、水にさらす。
❷京にんじんは乱切りに。こんにゃくは湯通しして厚めに切り、真ん中に切れ目を入れ中を通してねじっておく。
❸干椎茸、れんこん、牛蒡、こんにゃく、手羽先をひたひたの水で煮る。火が通ったら手羽を取り出しアクをとる。
❹おたまで酒2杯、砂糖1杯、濃口醤油1杯、薄口醤油1杯を加え里芋を入れる。これも煮えたら京にんじんを入れ、煮汁がなくなるまで煮しめる。

如月

おでん燗酒《かんざけ》——
抗《あらが》い難い黄昏《たそがれ》の誘惑。

亡師もおでんは嫌いではなかったようである。『池波正太郎の銀座日記』には、私がざっと読み返した所では、「夜はおでんに茶飯」が少なくとも三回出てくる。

しかし、元気のいいときの池波正太郎は、とても茶飯では済まず、たとえば東和の試写室で故ルイス・ブニュエルの「小間使の日記」を再見した夜などは、

「帰宅し、おでんで酒一合。小ぶりのビーフ・カツレツで御飯半杯」

小ぶりとはいえビーフ・カツレツというのがたまらなくうれしい。さあ、今夜もこれから働くぞ……というエネルギッシュな顔が目に見えるようだ。それにしても、よく考えてみると、一般家庭でビーフ・カツレツは極めて稀《まれ》なのではないか。やっぱり池波正太郎ともなると晩飯に出るものが違う。

いよいよ、おでん燗酒《かんざけ》の季節である。

うちでもやらないことはないが、このおでんというやつ、ついつい大量にでき過ぎてしまい、三日も同じものを食う羽目になるのが難だ。いくら一晩冷まして味がしみたのが旨《うま》いといっても、三日目は飽きる。

だから今夜はおでんで一杯……と思うと、わが家の場合は「富久《とみきゅう》」までいそいそと出かけることになる。下目黒からバスと電車を乗り継いで新宿へ出、五時に暖簾《のれん》が掛けら

れるのを待って、夫婦並んで戸口に立っているのだから閑《ひま》な話ではある。

亡師がこれを聞いたらジロリと目をむいて「きみも酔狂な男だねぇ」というに決まっている。池波正太郎が東京のおでん屋について書いたものを、私は読んだ記憶がない。それと知られた老舗《しにせ》がいくつかあるにもかかわらず、である。東京にいる限り、

「おでんなどというものは、うちで女房にこしらえさせて食うものだよ」

と、決めていたのだろうか。

ところが旅に出ると一変しておでん屋である。京都の「蛸長《たこちょう》」や大阪の「たこ梅」の話をうれしそうに書いている。江戸っ子作家の池波正太郎であるが、どうも、ことおでんに関しては上方に一目置いていたようだ。

「そもそも、煮込みのおでんというものは江戸に発生しながら、それが一種の料理屋としての店構えをするようになったのは、関西での発展によるところが大きいのである」

うんぬんと、『むかしの味』の一節にある。

おでんのルーツは田楽である。

田楽はむかしは目で見今は食ひ、という古川柳で田楽という食べものの由来がわかる。稲作を基本とする農業国は天候に一喜一憂する。ことあるごとに田の神様に祈り、どうか天気に恵まれますようにと願った。ただ祈るだけでは田の神もいい顔はしないだろうから、田んぼで芸を奉納した。竹馬に似た高足（鷺足《さぎあし》ともいう）に乗って踊る芸である。

これが「むかしは目で見」の田楽だ。

一方、「今は食ひ」の田楽は、木綿豆腐を短冊《たんざく》に切り、軽く水気をしぼって竹串を打ち、焼いて唐辛子味噌《みそ》をつけたもの。その形が高足に乗った一本足の田楽法師にそっくりだった。豆腐田楽の始まりは足利《あしかが》時代の末で、利休が茶会を催す頃には流行の食べものだったという。蛇足ながら、おでんは田楽の略で元来は御所ことばである。

長い間、田楽といえば豆腐、塗るのは唐辛子味噌と決まっていたが、口福の追求は人間の本能。そのうちに豆腐を蒟蒻《こんにゃく》に変えてみたらどうだろう、歯ざわりがよくてこれも旨いんじゃないかと考える知恵者が出てくる。

最初は豆腐田楽に準じて、焼いた石に蒟蒻を当てて水分を飛ばし、熱いところへ味噌をつけるというやりかただった。しかし、すぐに串を打った蒟蒻を鍋《なべ》で茹《ゆ》でるという能率的な方法に変わる。こういう蒟蒻田楽の登場は元禄《げんろく》の頃といわれている。

さらに時代が下がって文化・文政から天保になると、江戸では串刺しの蒟蒻を茹でるのではなく、味をつけて煮込むようになる。蒟蒻はじっくり煮込んだほうが旨い。どうせ一つ鍋で煮込むなら蒟蒻ばかりでなく八ッ頭や山の芋、ちくわぶ、すじ、大根と、いろいろ入れよう。煮込んだ材料には味噌は不要。つけるならやっぱり溶き芥子《がらし》がい

「近藤」で修業中の
北川隆広さんと佐藤啓太さん。

私が子供のころ、荷をひいて町すじをながして歩く
〔おでん屋〕は、かならず、煮込みと味噌の両方を売っていたもので、
子供たちには、やはり甘い味噌の香りがする
芋やチクワやコンニャクに人気があつまっていた。
七つか八つの私は、コンニャクの味噌おでんが大好きで、
母に「コンニャクは何から出来るの？」
と尋《き》いたら、無責任な母は
「コンニャクは消しゴムからできるのさ」
と、こたえた。

『むかしの味』より

×月×日
朝、昼兼帯の食事を家人が二階へ運んで来た。
まるで猫のエサではないか。
「おれを猫と間違えるな」と、叱《しか》る。（中略）
昼間、叱った所為《せい》か、夜はいくらかましになる。
おでんの鍋で酒半合。
あとは鮭《さけ》の粕漬《かすづけ》に茶飯、千枚漬とカラシ茄子《なす》。
夜に入って、いくらか血圧も下ったらしく
気分がよくなる。

『池波正太郎の銀座日記』〔全〕より

い……。こうしてようやく「煮込み田楽」が誕生する。

焼いた豆腐田楽には菜飯が決まりだったが、煮込みのおでんには茶飯がつきもの。茶飯はもともと奈良の東大寺や興福寺で宿坊の僧たちが食べていたもので、茶を煎《せん》じた湯に少し塩を加え、大豆や小豆、栗《くり》なども入れて炊《た》き上げる。それが一般にもひろまり、明暦の頃の江戸では「奈良茶飯」の店があちこちで評判を競ったという。

おでん屋の茶飯は、もはや茶とは関係がなく、出汁《だし》に醬油《しょうゆ》・酒などを入れて炊くもので、見た目が黄枯茶色《きがらちゃいろ》をしていることから黄枯茶飯、それを略して茶飯と呼ぶようになったものだ。ちなみに黄枯茶は染色の呼称で、薄い藍色《あいいろ》がかった黄色、俗に朽葉色《くちばいろ》のことである。

江戸で生まれた煮込み田楽は、その後、もっぱら下層の客を対象とし、材料も調理法も昔のままで明治・大正まで続いた。ところが、これが関西へ伝わると面目一新。焼き田楽と区別するために「関東煮《かんとだき》」と名づけられ、さまざまな工夫を凝らして、ついには立派な料理の一ジャンルとして「お座敷おでん」にまで発展する。

やがて大正十二年の関東大震災以後、関東煮は東京へ逆輸入され、いつしかこれがおでんの主流となって今日に至っているわけだ。醬油本位に材料が黒ずむほど煮込んだ昔ながらの東京おでんは、これはこれで悪くないものだが、所詮《しょせん》、関東煮にはかなわない。

何が違うかというと、まずスープが違う。酒塩味を主体に淡口《うすくち》醬油で淡彩に仕上げた関西風のおでんは煮汁まで飲める。材料の取り合わせにしてもはるかに多彩。しかも、それぞれの持ち味が生きている。

この日、銀座の典座《てんぞ》こと近藤文夫が「池波正太郎の食卓」に供したおでんも、基本的には関東煮の流れに属するものだった。出汁には鶏ガラ、昆布、鰹節《かつおぶし》を使い、醬油・酒・味醂《みりん》で味を調えてあって、煮汁が飲んでも旨いスープになっている。やや醬油の色が濃いのは東京の職人の意地というものか。

市販の出来合い材料を使わず、何でも自分で素材から作るのはいつも通りのこと。

「手間が大変だけどね。既製品使ったんじゃ池波先生に申しわけないからね。手間を手間と思わずに、楽しめばいいんですよ。それが料理の基本です」

と、一徹の職人は真顔でいった。手抜き女房族に聞かせてやりたい台詞《せりふ》である。

一番手間がかかるのは「がんも」だ。落語の名作「寝床」をご存じなら、がんもどきを作るのが大変なことはよくご承知だろう。大家の義太夫《ぎだゆう》を聴きたくないばかりに、豆腐屋が「急に大量のがんもの注文が入りまして……」と、延々がんもどき作りの手間を説明するくだりがある。

近藤流がんもは山牛蒡《やまごぼう》が決め手で、普通の牛蒡とは香りのよさが段違いだった。揚げたての熱々をもらい、何もつけずにそのまま頰張って、その旨さに絶句した。

「つみれ」は私の大好物で、鮮度のいい鰯《いわし》が手に入ると必ず「つみれ鍋」をやる。鰯を手開きにして叩《たた》き、隠し味にほんの少々味噌と生姜《しょうが》のしぼり汁を加えて丸めるのが私流で、その味には結構自信を持っていたのだが、銀座の典座のそれはまるで別物だった。

色がそれほど黒くなく、口当たりがなめらかで、味は上品。「ひらめを二割ばかり入れてあるからね」と聞いて納得した。これではとても勝負にならない。しかし、負け惜しみをいうなら、鰯のつみれはあくまで鰯だけの、上品ならざるつみれが本来ではあるまいか。

いずれも自家製のがんも、つみれ、はんぺん、烏賊《いか》ボールに加えて、ちくわぶ、蒟蒻、大根、結び昆布、それにじゃがいも。これがこの日のおでんの品揃《しなぞろ》えだった。

「先生はじゃがいもが大好きだったからね」

と、近藤文夫はいったが、おでんで何を好むかは人による。私はじゃがいもは食べたことがなく、その代わりに玉子は必ず食べる。近藤おでんに玉子が入っていなかったのは何故《なぜ》だろうか。

炊き上がりに生海苔《なまのり》をたっぷり入れた近藤茶飯のアイデアには感服した。さすが銀座の典座である。この時季にしかない柔らかい新海苔で季節感を出す――これでこそ日本の食卓というものだ。

如月

蕪《かぶ》の糠《ぬか》漬け

葉と実を切り分け、共に塩を振って2時間ほど置き、水気をふいて糠床に漬け込む。葉の方は半日、実の方は3、4時間ほど漬ける。実は皮を剥くと早く漬かる。

おでん

具は、がんも、烏賊ボール、はんぺん、つみれ、ちくわ麩、こんにゃく、大根、じゃがいも、昆布。煮汁は、まず鶏ガラ3羽分を昆布と共にアクを取りながら2時間静かに煮込んで出汁をとり、さらに同量の鰹出汁を合せて醤油、酒、みりん各少々で味を調える。決して沸騰させずに時間をかけてじっくりと具を煮込んでいく。

がんも

材料●芝海老、木綿豆腐（海老の4倍量。押して水気を切っておく）、木くらげ、にんじん、山牛蒡

❶芝海老は、殻を剥いて庖丁で叩いてから擂鉢であたる。ここに豆腐を手でほぐし入れ、さらによく擂る。

❷ヘタを取った木くらげとにんじんは千切りに、山牛蒡は皮をきれいに洗い薄切りにして、❶に加え、よく混ぜる。

❸手に油をつけて丸めて並べ、真ん中に黒胡麻を指で押し付ける。中温の油に、胡麻を下にして落とし、じっくりと揚げる。

烏賊ボール

材料●白身魚の擂り身500g、卵黄2個、げそ

❶擂り身を擂鉢であたり、卵黄と刻んだげそを加えてよく混ぜる。

❷水をつけた手で❶を一口大にひねり、中温の油に落としてじっくりと揚げる。

はんぺん

卵白5個分を堅く泡立て、白身魚の擂り身500g、擂り下ろした大和芋少々と合わせてバットにのばし入れ、強火で蒸す。煮る前に三角形にカットする。

つみれ

いわしと白身魚の擂り身を8：2の割で合わせ、つなぎの片栗粉を振り入れてよく擂り混ぜ、丸めて茹でる。中央を凹ませるとまんべんなく火が通る。

茶飯

昆布出汁に醤油と塩でやや濃い目の味をつけ、米と同量分、釜に入れて炊く（炊き方は48ページ「鮎飯」参照）。炊き上がったところで生海苔をたっぷり投入、再びふたをして蒸らすのが近藤流。食べる直前に混ぜる。

鍋に入りきらなかった出来たての烏賊ボールを全部強引に詰めてもらい、あいさつもそこそこにタクシーを飛ばして帰宅し、さっそく「烏賊ボール焼き」の酒宴である。小さな焜炉《こんろ》の炭火で焙《あぶ》りながら食べる烏賊ボールの旨さといったらなく、古女房と奪い合うようにして、あっという間に平らげてしまった。おでんなら燗酒だが、この夜は越中砺波《となみ》の吟醸「立山」。砺波は亡師の父祖の地・井波《いなみ》のすぐ隣りだ。熱々の烏賊ボール焼きと冷えた吟醸の相性まことによろしく、気がついたら一升空いていた。

弥生

さし向かいでやりたい
貝の季節の小《こ》鍋《なべ》立て。

愛用していた小鍋一式。

三月の別称「弥生《やよい》」はイヤオイ、つまりますます生長するという言葉の詰まったものだそうである。他にも花月《かげつ》、桃月《ももつき》、禊月《みそぎづき》、夢見《ゆめみ》月《づき》など四十余の異称がある。禊月は雛《ひな》のみそぎをするからで、夢見月はついうつらうつらと夢見がちになるという意味だ。

いわゆる三寒四温のリズムで春は着実にやってくるが、朝晩の冷え込みはまだきつく、

「おとうさん、今夜は何にしますか」

「やっぱり、鍋《なべ》だな」

「また、ですか」

これがわが鉢山亭《はちやまてい》の毎朝の定番会話である。

亭主が鍋狂だから秋のはじめから春三月一杯まで、連日連夜、鍋、鍋、鍋だ。考えてみれば、うちのかみさんほど女房として楽をして

いる女はいないだろう。料理の苦労がない。鍋の材料さえ買ってくれれば済むのだ。その材料も大したものはいらない。拙亭で最も出番が多いのは山麓《さんろく》豚のしゃぶしゃぶである。薩摩《さつま》の黒豚もいいが黒豚は値が張る。伊賀山中に産する山麓豚なら、黒豚に負けないうまさで、しかもぐんと安い。

豚肉は脂身《あぶらみ》が身上である。とんかつもヒレよりロースの私だから、豚しゃぶもむろん三枚肉《ばらにく》で、野菜は何でもいい。池波正太郎の「常夜鍋」は豚ロースにほうれん草と決まっているが、うちでは壬生菜《みぶな》のときもあれば、小松菜や中国野菜のこともある。ときにはレタスで、これもサラダで生で食べるより余程うまいような気がする。鍋にするとレタス丸ごと一個がわけなく胃の腑《ふ》に収まってしまう。

私が鍋狂になった理由の一端は池波正太郎にある。伊豆は大仁《おおひと》の温泉宿に泊り込んで、「江戸の味」の聞書きをしたときのことだ。若い頃は株屋に勤めて法外な荒稼ぎをしながら吉原通いに明け暮れていた池波正太郎である。朝、帰るときに、お女郎が「浦里《うらざと》」という一品を自分の手で作ってくれる。大根おろしに梅干しをちぎって入れ、揉《も》み海苔《のり》をかけて、そこへちょっと醤油《しょうゆ》を落とすだけの、まあ他愛《たわい》のないものだが、

「これは泊まった客の、ことに自分がいいと思った客にだけ、お女郎が自分で作るんだからね。オツなものだよ、なかなか……」

と、亡師は目を細め、それから身を乗り出すようにして、

「粋《いき》な食べものといえば、やはり小鍋立てにとどめをさすだろうねえ……」

と、語り始めたものだ。

それによると、本来、小鍋立てとは一人か二人で食べるものである。水入らずのさし向かいが一番いい。材料は余りものでも何でも、あるものを使えばよろしい。出汁《だし》を小鍋に張って、そこへ材料を少しずつ入れ、煮ながら食べる。ままごとを思わせる小さな鍋の上に顔を寄せ合って食べるわけだから、非常に親密な雰囲気になる。

「まあ、わけありの男女がさし向かいでやるものだよ」

と、池波正太郎はいった。

小鍋立てという粋なことばを、その日まで知らなかった。わけありの男と女が水入らずで……と聞いて、私はすっかりしびれてしまった。以来鍋狂、正確にいえば小鍋立て狂になった次第である。

池波正太郎自身は、戦前、株式仲買店で働いていた頃に可愛《かわい》がってもらった、三井老人なる兜町《しま》の大先輩に小鍋立てを教わっている。「剣客商売」の主人公・秋山小兵衛《こへえ》の風貌《ふうぼう》は歌舞伎《かぶき》の名優・中村又五郎がモデルだが、その暮らしぶりについては、この三井老人のそれにヒントを得たところが多いらしい。

深川の清澄町《きよずみちょう》の小さな家に、二匹の猫と、まるで娘か孫のような若い細君と暮らしていたという三井老人を訪ね、初めて小鍋立てを知った日のことを、亡師は『味と映画の歳時記』の中で、こんなふうに書いている。

――長火鉢に、底の浅い小さな土鍋がかかってい、三井さんは浅蜊《あさり》のむき身と白菜を煮ながら、飲んでいる。

この夜、はじめて私は小鍋だてを見たのだった。

底の浅い小鍋へ出汁《だし》を張り、浅蜊と白菜をざっと煮ては、小皿へ取り、柚子《ゆず》をかけて食べる。

小鍋ゆえ、火の通りも早く、つぎ足す出汁もたちまちに熱くなる。これが小鍋だてのよいところだ。

「小鍋だてはねえ、二種類か、せいぜい三種類。あんまり、ごたごた入れたらどうしようもない」

と、三井さんはいった。――

小鍋立てについて、これ以上は何を書いても蛇足ということになるだろう。それを承知でさらに何か書くとすれば、「二種類か、せいぜい三種類」という材料の具体的な組み合わせ例しかあるまい。

池波正太郎が好んで食べた組み合わせを列挙すれば、次のごとくである。

鶏肉の細切《こまぎ》れと、焼豆腐と、玉葱《たまねぎ》。これをマギーの固型スープを溶かした小鍋で煮て、胡椒《こしょう》を振って食べるというから、どちらかといえばハイカラな洋風小鍋立てだ。

次に、刺身にした鯛《たい》の残りや白身魚を強火で軽く焙《あぶ》ったものと、豆腐と、三つ葉。

次に、貝柱《はしら》のみの小鍋立て。これはちりれんげ、、、、に掬《すく》い入れた貝柱を、ちりれんげごと鍋に入れ、さっと表面だけ霜降りになるのを待ちかねるようにして引き上げ、柚子をしぼって酒の肴《さかな》とする。このやりかたは牡蠣《かき》の場合も同じである。

次に、大根と豆腐。湯豆腐の一バリエーションだが、大根の効用で豆腐がいっそううまくなると、ご当人があちこちで力説している。このとき豚の脂身の細切りをほんの少し加え、柚子で食べるというのが池波正太郎ならではの工夫だ。

湯豆腐に蛤《はまぐり》を入れるという、当節としてはまことに贅沢《ぜいたく》な小鍋立てもある。これは伊勢の桑名《くわな》の古い宿「船津屋」の、朝の膳《ぜん》の名物だそうである。

「蛤のいいのが手に入ったときは、小鍋に酒を張り、ほんの一つまみの塩を入れて煮立てるんだよ。そこへ殻ごと蛤を一つ一つ入れ、口があいた瞬間に取り出して食べる。うまいぞォ、これは」

という蛤だけの贅沢鍋も教わったが、それが旅先のどこでのことだったたか、いくら考えても思い出せない。

きょう日《び》、私などが買える蛤は、九分九厘《りん》間違いなく外国産の輸入物で、本場桑名のそれは幻というしかないが、蛤をあきらめて浅蜊にすれば、これはこれで悪くない。

今月、「池波正太郎の食卓」は、銀座の典座《てんぞ》こと近藤文夫による「浅蜊と大根の小鍋

いまの私は、ようやくに三井老人の年齢に達し、
大根が大好物となってしまった。（中略）
湯豆腐のとき、大根を千六本に切って鍋へ入れると、
豆腐がうまくなるような気がする。
これも三井さんに教えられた。
千六本に切った大根と浅蜊の剝身《むきみ》を薄味の出汁《だし》で
さっと煮立て、七味唐辛子を振って食べるのは、
東京の下町の惣菜《そうざい》で、
子供のころから母に食べさせられた。
『食卓のつぶやき』より

よく油揚げを焼いていたという
電気式の焜炉。

「札掛の元締が、そんなに妙な仕掛けをたのみに来なすったのかえ？」
「そうとも、そうともさ、彦さん。まあ、きいておくれ」
それからしばらくして、
二人は膳《ぜん》をかこみ、酒を酌《く》みかわしていた。
さっと煮つけた子もち鯊《はぜ》に、湯豆腐である。
貝柱は後で、焚《た》きたての飯へ
山葵醤油《わさびじょうゆ》と共にまぶしこみ、焼海苔をふりかけて、
たっぷりと食べるつもりであった。
『藤枝梅安・春雪仕掛針』より

立て」が主役だが、これは鮮度のいい剝《む》き身を使うやりかたで、三河湾のいい浅蜊が殼付きで手に入ったときなどは、蛤と同様に酒だけを煮立てて小鍋立てもいいものである。

陰暦二月二十二日、聖徳太子の御正忌《ごしょうき》の法要として斑鳩《いかるが》の法隆寺と大阪の四天王寺で聖霊会《しょうりょうえ》が行われる（実際には陽暦で法隆寺は三月二十二日、四天王寺は四月二十二日に法要を営む）。この聖霊会を迎える二十日前後に吹く風を「貝寄《かいよせ》」という。この風が吹くと仏縁によって貝類がたくさん難波《なにわ》の浦へ吹き寄せられるので、それを拾い集めて聖徳太子の前へ献ずる……という故事がある。これにちなんで、雛の月は貝尽くしのご馳走《ちそう》が約束事で、蛤をはじめ、浅蜊、赤貝、玉珧《たいらぎ》（俗に平貝《たいらがい》）、水松貝《みるがい》、鳥貝、青柳《あおやぎ》、蜆《しじみ》、さらには栄螺《さざえ》と一年中で一番貝類が豊富にそろっている。貝を堪能《たんのう》するなら、まさにこの月。雛祭りを口実に刺身、ぬた、焼き物、酢の物、吸い物、最後に小鍋立てまで貝のオンパレードで一夕の酒宴を催すのも一趣向である。女の子がいなくたってさしつかえない。古女房といえども女の端くれには違いないと思えばいいだけのことである。

貝尽くしの宴となれば、しめくくりは当然ながら貝柱飯《はしらめし》でなければならぬ。作りかたが実に簡単で、それでいながら実にうまい。青柳と貝柱《はしら》（小柱《こばしら》ともあられともいう）が同じ馬鹿貝《ばかがい》の舌（だか脚だか）と貝柱であることはだれでも知っているが、こんなうまいものになぜ馬鹿貝という失礼きわまる名がついたかは、案外知られていないだろう。

波の静かなよく晴れた日、この貝は浮かれて二枚の貝殻の間から舌のような脚を出す。

その様子がちょうど馬鹿が舌を出したようだから馬鹿貝……というのは俗説で、本当のところは「場替《ばか》え貝」が訛《なま》ったものらしい。潮の干満や砂地の変化に非常に敏感な貝で、一夜にして棲《す》む場所を替える。それゆえの場替え貝が、いいやすい馬鹿貝に転じたのである。

小鍋立てと貝柱飯に取り合わせたもう一品の「山葵《わさび》の花の和《あ》えもの」が出色だった。これは池波作品のどこを探しても見つからなかったから、近藤文夫の創作だろう。早春の味の極致をそこに見た。

和えものに使った針魚《さより》の皮を典座の助手の若者が捨てようとしたので、あわてて制し、軽く塩を振って焼いてもらった。この皮だけで一合は飲めるんだぞ。

弥生

貝柱《はしら》めし

材料●ご飯、小柱、山葵、醤油、海苔

❶山葵は思い切ってたっぷり下ろす。これを控え目の醤油で、トロリとする程度に溶いておく。

❷あらかじめ小柱をご飯に和えてから、❶を回しかける。ご飯を切るようにして全体をふんわりと混ぜる。

❸海苔を炭で丁寧にあぶり、手でもんで❷にかける。再び全体を大きく混ぜて茶碗に盛る。

浅蜊と大根の小鍋立て

材料●浅蜊の剝き身、大根、ねぎ、昆布、醤油、酒

❶大根は皮を剝いて千六本にする。繊維に沿って縦に切ると、煮てからもシャキシャキと歯触りが良い。

❷鍋に水と昆布を入れて火にかける。沸騰したら昆布を取り出し、酒、醤油を加え、出汁用に浅蜊を入れて煮る。

❸アクをとり、浅蜊を出す。つゆを小鍋に移し、そこへまず大根、上に新たな浅蜊をたっぷりと入れて七輪にかける。

❹大根に火が通ったところで刻んだねぎを加え、全体を混ぜて出来上がり。

※❸で取り出した浅蜊は、佃煮にすると酒の肴に良い。

山葵の花の和えもの

材料●山葵の花、針魚、白魚、山葵、醤油

❶山葵の花を湯がく。適当に切り分けたら、菜箸を芯に入れてキュッと絞ると、形をくずさずに水が切れる。

❷針魚は頭を落とし三枚に下ろし腹骨も除く。皮も庖丁で剝ぐ。皮を下にして尾から庖丁を入れると上手くいく。

❸❷を小さめの一口大に切る。これをボウルに入れ、山葵の花、白魚と合わせておく。

❹下ろし金に優しく円を描くようにして下ろした山葵を醤油で溶いて❸と和える。

和食の料理人

近藤文夫（こんどうふみお）
一九四七年東京生まれ
「てんぷら近藤」店主
一九六六年に「山の上ホテル」入社
「てんぷらと和食　山の上」の料理長を経て独立
九一年銀座に「てんぷら近藤」を開店

「てんぷら近藤」
〒104-0061
東京都中央区銀座5-5-13 坂口ビル9F
☎03-5568-0923

洋食編

佐藤隆介　文
茂出木雅章　料理

卯月

はて、ロールキャベツの
国籍はどこだろう……。

去る一月末日（平成十一年）を以《もっ》て創業以来三百三十六年の歴史を誇った白木屋（東急日本橋店）がついに閉店した。そういえば、ここから遠くない兜町《かぶとちょう》の証券取引所もつい先頃、もしかしたら白木屋閉店と同じ日に、コンピュータ時代の必然でその役目を終えたはずだ。時は流れ、世は移り、人は変わる。

日本橋「たいめいけん」は白木屋のちょうど裏手にある。久し振りに来て、この界隈《かいわい》のさびれように声も出なかった。ほとんど歩いている人影がない。しかし、たいめいけん入口だけは空席待ちの行列があって、少し安心した。

「池波正太郎の食卓」再現で店主の右腕となって働く若い料理人・樋川脩一がポツリといった。「やっぱりうちも、昼どきはめっきり、お客さん減りましたね……」。確かに行列はそれほど長くなかった。それでも何故《なぜ》か茂出木《もでぎ》雅章は、この日、やたらに上機嫌で仕事中たびたび歌が出た。なかなかの美声である。

「ラ、ラ、ラララー。さあ、やりましょう。ところで何を作るんだっけ……？」

「ロールキャベツとホットケーキですよ」

卯月《うづき》の主菜にロールキャベツを強硬に主張したのは、再現組合の紅一点・鈴木佐和子だった。ちょうど新キャベツが美味《おい》しくなる頃でしょう、というのがその論拠だ。

「よし。それにホットケーキという取り合わせで行こう」と、決めたのは土佐松魚《とさのかつお》である。「ホットケーキならベーコン添えが池波流だ」と、私がいうと、組合員一同が「まさか……」という顔になった。

写真担当の田村邦男がいった。

「池波先生の場合は、ホットケーキといえば、やっぱり万惣《まんそう》ですよね。須田町《すだちょう》へ行って、いつも先生が座っていた席にホットケーキを置いてもらって、写真を撮ろうかな……。うん、これしかないな」

たいていの場合、こんなふうにして、「池波正太郎の食卓」をどう再現するかが決まっていくのである。田の字が「万惣しかない」と断言した理由は、『むかしの味』の一章に明らかだ。そこに、こうある。

――そのころは、むかしからなじんだチャンバラ映画のみではなく、洋画のおもしろさをおぼえて、まだ観《み》ていなかった古い洋画を、諸方の小さな映画館をまわって、それこそ毎夜のごとく観た。(中略)

店を出て須田町でバスを降り、先《ま》ず〔万惣〕へ入り、ホットケーキを食べ、腹ごしらえをしてから〔シネマ・パレス〕へ駆け込むというのが、一週間に一度、かならずきまっていた。――

神田・昌平橋にあったシネマ・パレスに通い詰めてガルボやディトリッヒや、若き日のゲイリー・クーパーやジーン・アーサーに夢中になっていた池波正太郎は、当時十三歳。

　この齢《とし》ならホットケーキがうまいというのもわかる。しかし、池波正太郎は晩年に至ってもホットケーキ好きが変わらなかった。私が通いの書生を務めていた頃は、旅先のホテルでよく朝飯にホットケーキを食べていた。カリカリに焼いたベーコンと一緒に、である。

（世の中には、こういうホットケーキの食べかたがあったのか……）

　と、初めてそれを目撃したとき、私は仰天したものだ。たいていの〝池波流〟はこっそりまねをしてみた私だが、これだけはまだ一度も試したことがない。

「ベーコン添えホットケーキというのは、池波先生の独創でしょうかね」と、土佐松魚に尋《き》かれたが、これは返事のしようがない。ただ勝手な想像でいえば、少年池波正太郎が毎夜のごとく観た洋画のどこかに、そういうシーンがあったのではなかろうか。あったとしたら多分、アメリカ映画それも西部劇だったろうという気がする。

　野営地に火を焚《た》き、フライパン一つでホットケーキを焼き、ついでにベーコンも焼き、ブリキのマグで薄いコーヒーを飲みながら、ホットケーキとベーコンを胃の腑《ふ》へ流し込む……いかにも西部の男らしいではないか。もしかして、その男がゲイリー・クーパー

「万惣」のホットケーキは大のお気に入りだった。

カウンターの前へ座って、
ロール・キャベツを注文する。
目の前のオーブンで料理をあたため、
熱々のソースと、たっぷりのジャガイモ、
ザワークラウト。とてもうまかった。
コーヒーへパンの残りのバタを入れてのみ終えたら、
若いコックさんが「もう一杯いかがです」と、
すすめてくれた。うれしい。
『池波正太郎の銀座日記』〔全〕より

母が好きで、私も子供のころから食べさせられた所為《せい》か、
いまでもホットケーキを食べる。
ホテルの朝食に、ホットケーキとベーコンを
砂糖なしの熱いコーヒーでやるのは、
私のたのしみの一つだ。
ところで……。
神田・須田町の〔万惣〕のホットケーキを、
はじめて食べたのは、たしか、
小学二年生のときだから、私は八歳だった。
『むかしの味』より

だったら、だれでもまねしたくなるだろう。

ところで、この日、たいめいけん主人は一枚目のホットケーキを見事に失敗した。焼きすぎて真っ黒にしてしまったのである。これほど年期の入ったベテランでも、一瞬タイミングを間違えるとこうなる。簡単そうに見えてホットケーキはむずかしいものなんだな……と思ったら、なんと茂出木雅章がいった。

「白状すると、ホットケーキ焼いたのは、これが初めてなんだよ」

ご当人の名誉のために記しておくが、本番撮影用の一皿は焼き色の美しさといい、味といい、間然する所なき出来映えだった。

さて、卯月の主菜ロールキャベツは、たいめいけん主人の得意料理の一つである。その著書『洋食やのコツ』(中央公論社)には、シチューの章にビーフシチュー、タンシチューと並んで、ロールキャベツが「トマト煮」「クリーム煮」「レモン風味」「ビール煮」と四種類も載っている。この際、全部の作り方をマスターしたいとおっしゃる御仁《ごじん》は、どうかこの一巻をお買い求めいただきたい。

ただし、これはあくまでキャベツ巻きを上手に作るための手引き書であるから、それ以外の余計なことは書いてない。

そこで、ありったけの本を引っぱり出し、キャベツについて一夜漬けの勉強をした。一体ロールキャベツの国籍はどこなのか、それを知りたい一心からである。

われわれはキャベツ、キャベツといいならわしているが、正式な日本名は甘藍《かんらん》で、別名球菜《たまな》。キャベツが英語のキャベジ（cabbage）の訛《なま》りであるのは間違いなかろう。アブラナ科の葉菜で、原種は地中海沿岸に分布しているが、原産地は小アジアという説もある。

球菜というくらいで、葉が丸く結球しているのがキャベツの特徴だが、野生のものは球にならず、長く栽培が続けられる過程で進化し、紀元前後になって初めてイタリアで結球性キャベツが登場する。それが北方にひろがり、ヨーロッパ各地で多くの品種が生まれ、日本へはアメリカを通じて明治になってから本格的に導入された……と、ものの本にある。

アメリカから入って来たからキャベツというようになったわけで、これがフランスからならシュー（chou）、ドイツからだったらクラウト（Kraut）になったはずだ。甘藍という素晴らしい和名は、むろんキャベツ特有の甘みに由来するものである。実をいうと私はあの甘みがいやで（人参《にんじん》もそうだが）、子供の頃はどうしてもキャベツが好きになれなかった。

キャベツ料理は世界各国にある。刻んだキャベツにハムやら卵やら食パンやらを加えて揚げれば、伝統的なロシア風カツレツだ。中国料理にはキャベツと豚肉を味噌《みそ》炒《いた》めにした回鍋肉《ホイグオロオ》があるし、韓国にはいうまでもなくキャベツのキムチがある。

フランスではシュー・ファルシがマルセイユ名物で、これは早い話がロールキャベツの親玉である。大きなキャベツを一個丸ごと茹《ゆ》でて熱いうちに葉をひろげ、芯《しん》を取り除き、そこに肉類を丸めて詰め、再びキャベツの葉で元通りに包み直し、布巾《ふきん》にくるんできっちり紐《ひも》でしばる。これを塩、胡椒《こしょう》、コニャックなどを入れた湯で三〜四時間ゆで、そのまま食卓へ持ち出して、客の目の前で四つ割りにしてトマトソースをかけるという趣向だ。

ドイツ料理はザワークラウト抜きでは語るわけにいかない。

シュッツットガルト周辺の農場ではキャベツが主要産物で、その大部分が大規模なザワークラウト製造工場へ運ばれ、ドイツ料理に欠かせない「酸《す》っぱい（ザワー）キャベツ（クラウト）」になる。刻んだキャベツに塩を加えて発酵させたこの漬物は、肉料理の付け合わせにするほか、煮込み料理の調味料にも使われる。燻製《くんせい》の豚ロースの塊をザワークラウトとともに煮込んだ一品は、典型的なドイツ料理の一つだ。

東京には世界中の料理があるが、イタリア料理やフランス料理に比べて、ドイツ料理の店は非常に少ない。私が行ったことのある店といえば「ローマイヤ」ぐらいのものだ。『池波正太郎の銀座日記』で亡師が「とてもうまかった」とほめているロールキャベツは、その「ローマイヤ」が松坂屋の地階に設けた小さな出店《でみせ》のそれである。

昔、寒さの厳しいドイツでは、冬場の野菜といえばキャベツと蕪《かぶ》しかなかったという。

ホットケーキ

4人分材料●薄力粉200g、砂糖40g、ベーキングパウダー大さじ1、無塩バター20g、卵2個、牛乳120cc、バニラエッセンス少々

❶ボウルに材料を全て合わせ、泡立て器でさっくりと混ぜて、1時間ほど静かに寝かせておく。

❷コンロの上に鉄皿を置き、その上にフライパンをのせて弱火で温めておく。テフロン加工のものが扱いやすい。

❸❶を適量フライパンに流し入れ、弱火でゆっくりと焼く。表面に浮いてきた泡がいくつもはじけたら裏返す。

❹反対側も同じ要領で焼き、中まで火を通す。バターとシロップ、それにカリカリのベーコンを添えるのが池波流。

ロールキャベツ

4人分材料●キャベツの葉8枚、牛挽肉300g、玉ねぎ(みじん切り)½個分、卵1個、パン粉½カップ、牛乳大さじ2、コーンスターチ大さじ1、ベーコン薄切り1枚、にんじん1本、セロリ1本、玉ねぎ½個、ローリエ2枚、トマト1個、ブイヨン3カップ、トマトピューレ½カップ、塩・こしょう少々、バター

❶1枚ずつはがしたキャベツの葉を熱湯で茹で、冷水にとる。芯の部分を薄く削ぐ。

❷ボウルに牛挽肉、炒めたみじん切りの玉ねぎ、卵、パン粉、コーンスターチ、牛乳、塩・こしょうを合わせてよくこねる。

❸❷を8等分にしてキャベツの葉の芯のところにのせる。葉の片側だけを折り込みながらきっちりと巻いていく。

❹折り込んでいない方の葉は庖丁で適当に長さを整えて、指で内側に押し込む。この方法だと煮てもほどけない。

❺ベーコン、にんじん、セロリ、玉ねぎを粗みじんにして鍋に入れ、ローリエと共にバターで軽く炒める。

❻❺に刻んだトマト、ブイヨン、トマトピューレを加えて煮る。丁寧にアクを取り、塩・こしょうで味を調える。

❼❻にロールキャベツを入れ、落しぶたをして煮込む。葉がトマト色になり柔らかく煮えたら出来上がり。

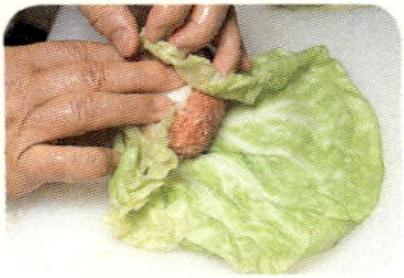

❸

❹

ドイツ人は挽肉《ひきにく》料理が大好きである。たとえばハンバーグステーキ。たとえばタルタルステーキ。たとえば辛味のきいたレモンとケイパーのソースをかけた絶品のミートボール。この国で凍るような寒さとキャベツと挽肉が一緒になれば、そこから必然的に生まれてくるのはロールキャベツ以外にあり得ない。やっぱりロールキャベツの国籍はドイツということにしよう。

皐月

クルケット変じて
コロッケの和魂洋菜。

普段はニコニコしているシェフも、
帽子をかぶると目付きが厳しくなる。

前にも書いたと思うが、イモ、クリ、カボチャが嫌いである。一日汗水流して働いた挙句に、晩飯のおかずが馬鈴薯《じゃがいも》のコロッケじゃたまらない。

「気に食わないものが出たら、お膳《ぜん》を引っくり返せ。さもないと一生うまいものは食えないぞ」と、池波正太郎は教えている。その教えを早いうちに実行したから、この三十余年、私の食卓にイモ、クリ、カボチャが登場したことは一度もない。いや、なかった。

最近はちょっと事情が変わった。昼のビールにポテトサラダが出てきたりすることがある。敵が開き直ったのと、私の人間が丸くなったことが理由である。しかし、じゃがいもの影が薄くなるほど大量の生玉葱《なまたまねぎ》や、セロリや、胡瓜《きゅうり》を入れてもらう。

イモコロッケはいまでも食べない。豚児二名が育ち盛りの頃は、女房は彼らと自分のためにしばしばイモコロッケを揚げていたが、そのときでも私の分はクリームコロッケだった。これなら食べる。

そもそもコロッケはじゃがいもで作るものと思うほうが、私にいわせれば間違いである。本来は安上がりの庶民のおかずどころではなく、非常に手の込んだ本式フランス料理の一品なのだ。たとえば、温かいオードヴルやアントレとして作られる「クロケット・ア・バーズ・ダバ・ブラン」というものがある。

早い話が「臓物《もつ》のコロッケ」である。仔牛の胸腺肉《リ・ド・ヴォー》、脊髄《せきずい》、脳みそを賽《さい》の目《め》に切り、刻んだマッシュルームと混ぜ合わせ、マディラ酒を加えて温め、ソース・ヴルーテ（小麦粉を少し色づく程度に炒《いた》めてブイヨンでのばしたもの）と卵黄でつなぐ。これを火にかけてしばらく混ぜたのち、油を塗った天板に形を整えてのばし、膜が張らないよう表面にバターを軽くつける。完全に冷めたら五十〜七十グラムのかたまりに分け、コロッケに丸めて小麦粉、溶き卵、パン粉をまぶし、たっぷりの油で色よく揚げる——と、『ラルース・フランス料理小事典』に書いてある。

こういう凝った料理のクロケットが、訛《なま》って名をコロッケと変え、ついでに中身も手軽なじゃがいもに変えて、本格的な宮中の晩餐会《ばんさんかい》にも登場する一品とはまったく別物の

「和魂洋菜」が誕生したのである。

とはいってもフランス料理のクロケットにじゃがいもを使ったそれがないわけではない。ただし、じゃがいもだけでは寂しいから、浅葱《あさつき》やセルフィーユ、パセリのみじん切り、細かく切ったハムなどを加える。あるいは、すりおろしたグリュイエール・チーズをたっぷり加える。一応、その程度の工夫はするのが普通である。

少年時代の池波正太郎が食べていたコロッケは、多分、ほとんどじゃがいもばっかりのコロッケだったろう。それでもハイカラな洋食の味だった。『散歩のとき何か食べたくなって』の一節で、亡師はこう書いている。

――いずれにせよ、私たちの洋食体験は浅草上野界隈《かいわい》にかぎられていた。当時の子供たちは、自分が住む町から、遠く離れなかったものである。

そうした洋食は、もちろん、うまかった。

うまかったが、しかし、はじめて食べた銀座の、資生堂パーラーの洋食のうまさは、もっと別のうまさだった。――

十三歳で日本橋の株式仲買店へ勤めるようになった池波正太郎は、別の株屋で働く親友・井上留吉と二人で、せっせと資生堂パーラー通いをする。戦前、パーラーのメニューにあった料理はすべて口にしたという。その頃は、「コンソメー・野菜ポタージュ（共に五十銭）、……チッキン・クルケット（すなわちチキンコロッケで七十銭）、……

われらのチッキンライスが七十銭」うんぬんと、うれしそうに記している。

ちなみに、資生堂パーラーの開店は昭和三年。この年、資生堂に入社した高石鍈之助《えいのすけ》が以後半世紀にわたって〝銀座・資生堂パーラーの味〟を支え続けることになる。洋食のことになると私が毎度お世話になる小菅桂子《こすげけいこ》著『にっぽん洋食物語』（新潮社）によれば、歴《れっき》としたレストランのメニューにコロッケが登場したのは資生堂パーラーが初めてで、昭和六年秋のこと。高石鍈之助自身が「ミート・コロッケ」と名づけ、二個付いて五十銭だったそうである。

資生堂パーラーは、池波正太郎にとっては生涯忘れ得ぬ特別の店だったようで、『むかしの味』にも一章を設けて、書いている。

——マカロニ・グラタンとミート・コロッケとチキンライス、この三品は、いまも〔資生堂スタイル〕の名称のもとに、メニューへ残っている。（中略）

銀座も資生堂パーラーも、私たちも変貌《へんぼう》してしまったけれど、資生堂スタイルの三品だけは、いまも変らずに残っている。——

資生堂パーラーへは何度も連れて行ってもらった。本当いうと、資生堂パーラーなら、私のような一介の書生でも何とか自前で行って食べられる。同じビルの上のほうにあったレストラン・ロオジェとなると、貧乏書生には高嶺《たかね》の花だった。一度ぐらいはそちらへ連れて行ってもらいたかったが、ついに望みは叶《かな》わなかった。

資生堂パーラーといえば、一つ忘れられない思い出がある。午後一時にここで落ち合う約束になっていた。私は正午にはもう着いていて、路上で文庫本を読んでいた。池波正太郎がいつも通りせっかちな歩きかたで現れたのは十二時半。これでもご当人は「遅かったか……」と、自分に腹を立てている顔である。

「やァ、済まん。随分待たせたかい」

「いえ、いましがた来たばかりです」

「B社の、あいつはどうした？」

「間もなく来ると思いますが……」

「けしからん！　一番若いのに、一番遅れて来るとは何事だ！」

　B社の若い編集者が悠然と登場したのは一時五分前だった。遅刻したわけではないから、悠々たる顔は当たり前である。それでこっぴどく怒られたのだから可哀《かわい》そうだった。

「池波正太郎の食卓」再現組合では、組合長格の土《と》佐松魚《さのかつお》がたいていビリである。今月のたいめいけん集合も二、三十分遅れてきた。池波正太郎が生きていたら大変だ。

　凧《たこ》マニアとして知られる料理人・茂出木雅章の仕事ぶりは相変わらず見事なものだった。コロッケの種《たね》を炒めて練り上げたあと、バットに平らにひろげ、その上から大きなバターのかたまりを半分アルミフォイルに包んで、そっとなでてやる。バターが溶けて温かい種の表面をうっすらと覆《おお》う。

私が、はじめて入った資生堂パーラーの二階の席へ坐《すわ》ったとき、
白の制服に身をかためた少年給仕が来て、注文をきいた。
この少年が、山田君だった。（中略）
つぎに行くと、山田君が、
「今日は、ミート・コロッケがいいです」
決定的にいう。このコロッケにも、私はびっくりした。
ジャガイモのコロッケを食べなれていた所為《せい》だろう、
クリーム・ソースにくるまれた肉のやわらかさ、
揚げ油の香気……
何ともいえぬおもいがしたものだ。
『むかしの味』より

ここにベーコンを敷き、
じゃがいもの千切りをのせ蒸す。
作家は醬油をたらして食した。

急に空腹をおぼえたので、
試写室があるビルの筋向いの〔ル・シャボテ〕という
レストランへ初めて入る。（中略）
サラダ、クリーム・スープ、鯛《たい》のパイ包み焼、
仔羊《こひつじ》背肉ステーキ、三色シャーベットの定食。
すっかり満足した。
帰途、本屋へ寄り、挿絵がたくさん入った
〔ロココの道〕という一冊を買い、
寒さにふるえつつ、タクシーへ乗って帰宅する。
『池波正太郎の銀座日記』〔全〕より

「こうしておけば、表面が乾いてパリパリの薄膜ができることがない。だから、俵にまとめて揚げたとき、割れたりすることもないんだよ」

それは私が愛用している『ラルース』の説明そのままだった。爪狂料理人がフランス料理の基本をしっかり真面目《まじめ》に勉強していることがよくわかった。どうやら単なる爪狂の二代目ではないようだ。私が邦訳で読んでいるラルースなど、多分ちゃんと原典で読んでいるに違いない。恐れ入谷《いりや》の鬼子母神《きしもじん》、である。

ほぼ百年前（明治三十一年）に出た『日本料理法大全』なる本が、たまたま手許《てもと》にある。むろん昔の本ではなく、昭和五十二年に刊行された復刻本で、旧幕府諸藩料理師範、後に宮内《くない》省大膳職庖丁《ほうちょう》師範を務めた石井治兵衛の歴史的名著である。

思いついて久しぶりにこの一巻（厚さが約八センチもあって、普段は昼寝の枕《まくら》代わり）を開き、コロッケが出ているかどうか調べてみた。ちゃんと出ている。第七編「いろは分内外料理早學」の「古《こ》の部」に、「コロッケの拵《こしらへ》やう」が書いてある。次の如《ごと》くだ。

——馬鈴薯《じやがいも》を湯煮《ゆに》して（尖《とが》りたる箸《はし》の容易《たやす》く突き通るまでゆづるなり）皮《かは》を去《さ》り擂盆《すりばち》にてよく摺《す》り水篩《すゐなう》にて脊押漉《うらおしごし》をして牛酪《バタ》を入れ∽の形《かた》ちに拵《こし》らへパン粉にてくるみフライ鍋《なべ》に牛《ぎう》の製《せい》し油《あぶら》を入れ煎《に》るなり

又牛肉豚肉《またぎうにくぶたにく》を等分《とうぶん》にしてよく敲《たた》き潰《つぶ》し塩胡椒《しおこせう》を少《すこ》し入れ煮上《にあ》げこれを裏漉《うらこ》しの馬鈴薯《じやがいも》

に混淆《こんかう》して右《みぎ》の形《かた》ちに拵《こし》らへ麺包《ぱん》、鶏卵《たまご》と砂糖《さたう》を少《すこ》し攪《かきま》ぜたるものにてくるみ前《まへ》の如《ごと》く煮《に》るなり之《これ》を肉入《にくいれ》コロッケと云《い》ふ但《ただ》し馬鈴薯《じやがいも》を湯煮《ゆに》するとき葱《ねぎ》、胡椒《こせう》を入《い》れ瀹《ゆ》づるをよろしとす——（原文のママ）

　私は感動した。何という正確さか。何という親切さか。この通りにやれば確かにだれでもじゃがいもコロッケができ、肉入コロッケができる。今日でも十二分に日常の料理指南書としてプロにも役立つ本である。しかも、これは由緒《ゆいしよ》正しい式庖丁の流れを受け継ぐ日本料理人が書いた本なのだ。

　念のため「久《く》の部」を見ると、「クロケットの調理法《れうりはふ》」が出ていた。冷《ひえ》たる肉《にく》を能《よ》くたゝき之《これ》と同量《どうりやう》の麺包《ぱん》の心《しん》を混合《こんがふ》し鶏卵《たまご》を以《もつ》て餅《もち》の如《ごと》く製《せい》し牛酷にて静《しづか》に揚《あ》ぐ可《べ》し、である。

　牛酷は私の写し間違いではない。牛酪《バタ》でなく牛酷になっているのである。これはヘットのことだろうか。どうも明治の昔から、クロケットと、馬鈴薯《じやがいも》コロッケと、肉入《にくいれ》コロッケはそれぞれ独立した別物であったらしい。本来のクロケットと肉入コロッケなら、食べてもいい。イモコロッケなら、やっぱり私はいらない。

皐月

クリームスープ

4人分材料●玉ねぎ½個、セロリ⅓本、ベーコン1枚、ブイヨン4カップ、ローリエ1枚、小麦粉大さじ4、牛乳1カップ、バター20g、塩・こしょう適宜

❶牛乳に小麦粉を入れて泡立て器で合わせ、漉しておく。

❷ベーコン、セロリ、玉ねぎはみじん切りにしておく。鍋にバターを溶かし、ベーコン、セロリ、玉ねぎを炒め、ローリエを入れる。一旦火を止めて❶を加える。

❸へらで手早く練り、再び火をつける。練るうちに粘りが出てきたら少しずつブイヨンを加えて溶きのばしてゆく。

❹20～30分コトコト煮て、最後に塩・こしょうして出来上がり。生クリームと小さなシューを添える。

ミートコロッケ

4人分材料●牛肉250g、玉ねぎ½個、生マッシュルーム3個、小麦粉60g、牛乳250cc、ワイン25cc、ローリエ、バター55g、卵・パン粉・塩・こしょう適宜

❶庖丁で粗挽きにした牛肉とみじん切りの玉ねぎ、スライスしたマッシュルームをフライパンで炒める。

❷❶にワインを振り、小麦粉とローリエを加える。全体がまとまってきたら牛乳を数回に分けて入れ、へらで十分練って火を通す。

❸塩・こしょうで味を調え、バットに広げて冷ます。表面にバターを塗っておくと、固くならず、後で扱いやすい。

❹全体を8等分にし、手に油をつけて俵形にまとめる。これを小麦粉、卵、パン粉の順にまぶして形を整える。

❺低温の油で転がしながら、色良く揚げる。中身が衣を破ってできる「ヘソ」が引き上げる目安。

❷

❹

❸

水無月

カレーライスなくして
日本の食卓なし。

十年間、荏原《えばら》の池波邸へ通いつめて書生をつとめていた頃、年一回のフランス旅行が定例行事となっていた。古びたシャトーの外観《たたずまい》はそのままで内部の設備は最新式のホテルが各地にあり、二週間これを泊まり歩くのだ。〈Relais et Châteaux《ルレエシャトー》〉という便利なガイドブックがあって、池波正太郎がこの一冊をたよりに旅程と宿を決める。

「スケジュールが決まったぞ。さっそく段取りをしてくれ」

と、命じられるのが出発の一年前である。当時はまだファックスがいまほど当たり前になっていなかったから、宿の予約は全部手紙だ。そもそも外国語が苦手で、だから日本語で飯を食っている人間としては、この予約の手紙を書くことからして一苦労だった。いまだから白状するが、毎年一度のフランス周遊は私にとって、大げさにいえば地獄の二週間だった。丸抱えで大名旅行をさせてもらって、こんなことをいえば罰が当たるが……。

パリでは「クーポール」が亡師のお気に入りで、パリに泊まるたびに一度は行った。モンパルナスにある古いカフェ・レストランで「よき時代のパリの呼吸の中に生きて来た店だ」と、池波正太郎が『散歩のとき何か食べたくなって』の一節に書いている。料理がうまいから行くという店ではなく、いかにもパリらしい雰囲気がいい。店内は広くて天井が高く、いつでも混んでいてやかましく、気取った所がまったくない。銀座七丁目のビアホール「ライオン」を想像すれば、ほぼ当たっている。

メニューも紙っぺら一枚のお粗末なしろもので、小さな文字がぎっしり詰まってい、土地っ子はそれで十分なのだろうが、読みにくいことおびただしい。あるとき、ここで亡師が急にいい出した。

「きょうはカレーライスが食いたい。カレーライスにしようや」

むろん、メニューにカレーライスなんぞあるわけがない。これはフランス料理でないばかりか洋食ですらなく、もともと〝日本食〟ともいうべき日本人の発明だからである。私はあわてた。使いはじめたばかりの老眼鏡をかけ直して、改めてメニューの隅から隅まで探したが、ないものはない。大汗かいている私に池波正太郎がいった。

「若鶏のカレー煮込みというのがあるだろ」

確かに、それならある。

「それを頼んで、白い御飯をもらえばいいんだよ」

アルジェ風の鶏カレー煮と御飯で、なるほど文句なしのチキンカレーになった。白ワインを飲みながら食べたあのカレーライスの味が忘れられない。

カレーライスといえばインドが本場、ということになっている。発祥がインドであることは間違いない。しかし、インドにカレーライスという料理はなく、カリというスパイスのきいたソースがあるだけである。そのカリがイギリス経由で日本へ伝わり、やがて日本独特のカレーライスが誕生したのだ。

　カレーライスが嫌いという日本人はまあいないだろう。ときどき無性に食いたくなる不思議な料理である。どんなカレーが好きかは人さまざまだ。百人百様の好みがある。大別すれば次の四派か。

　まず、小麦粉たっぷり・じゃがいもゴロゴロの黄色い「おふくろカレー」派がある。池波正太郎が母親に「今夜は、ライスカレーだよ」といわれると眼の色が変わった……という郷愁の正統日本式カレーライスだ。カレールーなる便利なものができて以来、少し作りかたは変わったが、豚小間切れ・じゃがいも・玉葱《たまねぎ》・にんじんの基本形は永遠である。

　フォンドボーという仔牛肉《こうしにく》エキスを使い、角切りの牛肉をたっぷり入れたビーフカレーが最上というグルメ派もいる。フォンドボーの代わりに丸鶏一羽をそっくり煮込んで本格的なチキンブイヨンを作るという一派も、グルメ派の中に数えてよいだろう。

　第三には、さまざまなスパイス類を買い込んでみずから調合し、油にはギーを用い、間違っても小麦粉やじゃがいもは入れない、さらさらのカレーソップこそ王道なりとす

「たいめいけん」の二代目が作る
「むかしの味」がするカレーライスとは。

〔カレーライス〕とよぶよりは、
むしろ〔ライスカレー〕とよびたい。
戦前の東京の下町では、
そうよびならわしていた。
この食べものを、はじめて口にしたのは、
むろん、母の手料理によってである。（中略）
母が、「今夜は、ライスカレーだよ」というと、
私の眼の色が変ったものである。
『食卓の情景』より

素麵、スイカと
夏に活躍した自宅の小鉢。

私が、はじめて〔たいめいけん〕の
洋食を食べたのは、
もう四十何年も前のことになる。
小学校を出て、
すぐに株式仲買店の店員となった私だが、
先輩に連れて行ってもらったのだ。（中略）
そのとき、私が食べたものは、
ポークソテーにカレーライスだった。
『むかしの味』より

るマニア派がいる。グリーンカレーペーストやレッドカレーペーストによるタイカレー党も含めて、これをエスニック派と呼ぼう。

そして第四には「蕎麦《そ》屋《ば》のカレー」愛好派である。蕎麦屋のカレーは正統日本式カレーの一つのバリエーションで、池波正太郎も結構これが好きだったらしく、『日曜日の万年筆』の中に「蕎麦屋のカレーは、スープでつくるのではなく、蕎麦に使う汁《つゆ》をベースにしているから、一種独特の味わいがあるのだ」うんぬんと記している。

さて、「池波正太郎の食卓」今月のテーマはカレーライスとポークソテーである。小学校を出るとすぐ兜町《かぶとちょう》で株式仲買店に勤めることになった池波少年にとっては、初めて先輩に連れて行ってもらった洋食屋が日本橋の「たいめいけん」で、そのとき食べた初体験の洋食がポークソテーにカレーライスだった。

昭和の初め頃に創業した東京でも屈指の老舗《しにせ》「たいめいけん」は、初代の主人・茂出木心《しんご》護亡《な》きあと、昭和五十三年から長男雅章が二代目を継ぎ、いまや三代目も一人前に成長して、昔懐《なつ》かしい洋食の伝統を守っている。

一階は大衆的な洋食屋そのもので、昼どきはいつも行列ができているが、二階へ上がると高級レストランの趣で、たとえばカレーライスを頼んでも一階のそれとは味も値段も異なる。二階の名物は二つの盆に十七種の一口《ひとくち》料理を盛り合わせ、最後に特製支那そばが出る「小皿料理」というもの。ゆっくり酒を飲みながら、「あれも、これも、少しずついろいろ食べたい」という私のような高年酒徒にはありがたい取り合わせだ。

夕方四時頃の空《す》いている時間に二階へ上がり、いつも決まりの壁際《かべぎわ》の席で、まず帆立貝のコキールか何かで日本酒を飲み始める……というのが池波正太郎流だった。ただし、カレーライスだけは、「私は階下の安いほうのにしてもらう。そのほうが、なんだか、むかしの味がするからだ」(『むかしの味』)。

「こわいおじさん、という感じだったですよ、あのかたは。目付きが鋭くてね。顔があうと必ず、ちゃんとやってるか、これでした」

と、茂出木雅章はいい、「新しいことをやると決まって池波先生には怒られました」と首をすくめた。そしてすぐに聞き捨てならない重大な〝秘密〟を明かした。

「池波先生はお若い頃、どうもうちのおふくろが目当てで通っておいでになっていたらしいですよ、おやじの料理というよりは。うちのおふくろ、昔はポチャポチャとして可《か》愛《わい》らしかったから……」

一階の旧式レジ台には、いまなお、その先代夫人・茂出木スズヱが健在である。池波正太郎を通わせた美貌《びぼう》もいまなお健在である。

ポークソテーは豚肉のロースに軽く塩・胡椒《こしょう》してフライパンで焼くだけの簡単なもの、と思っていた。入念な肉の下ごしらえ、火加減、ソースなど、それぞれにやはりプロならではのこつがあることを教わり、こんなに面倒で神経を遣うものかと初めてわかった。

うちで豚肉を焼くなら生姜焼《しょうが》のほうが安直で間違いがないようだ。

肉を食べたら野菜もたっぷり食べなければならない。たいめいけん名物の一つとなっているコールスローなら素人《しろうと》にもすぐできる。早い話が洋風キャベツ揉《も》みである。ただの塩揉みよりちょっと洒落《しゃれ》た感じで、これはカレーライスに添えてもよく合う。

今月の食卓修業で一番感じ入ったのはカレーである。ヨーイドンで材料の準備を始めてから一応カレーのかたちになるまで、せいぜい二十分か三十分。最後にこれをコトコト煮込んで味をなじませるのにもう三十分。しめて一時間あればでき上がる。

その簡単さ、速さからはとても信じ難いほどのうまさに、いつも二日か三日がかりでカレーを作っている私は致命的なショックを受けた。こんなにらくらくとこれだけのカレーができるのだったら、これまでの私の苦労は一体何だったのか……。

池波正太郎は家でもよくカレーを食べたようで、「私が自分でつくるときのライスカレーのつくり方」が『食卓の情景』に載っている。

「少量の玉ねぎ、にんじん、じゃがいも、それにニンニク、ショウガをみじん切りにし、厚手の鍋《なべ》を使って、サラダオイルでいためる。小麦粉を加え、褐色になるまでいためてから、カレー粉を小さじ二杯加え、さらにいため、固型スープをお湯カップ三杯にとかして加え、カレー・ルウをつくる」と、料理テキストなみの詳しい説明だ。

多少の違いはあるが、基本的なレシピはどうも今回確認した「たいめいけん流」に似

水無月

ポークソテー

4人分材料●豚ロース肉（厚さ1.5㎝ほどのもの）4枚、ドミグラスソース3カップ、リンゴソース、シェリー酒と赤ワイン少々、塩・こしょう、油（ラード）

付け合わせ●フライドポテト、プチトマト、クレソン、茹でたアスパラ

❶豚肉は筋切りをし、火の通りにくい「バラ先」にも隠し庖丁を入れておく。表裏に軽く塩・こしょうする。
❷フライパンに油を熱し、肉の表になるほうから先に強火で焼く。脂身の部分は箸で押さえつけてよく焼く。
❸焼き色がついたら裏返し、ふたをして弱火でじっくり中まで火を通す。指で押してみて弾力があればOK。
❹余分な油を切り強火にし、シェリー酒と赤ワインを振る。ドミグラスソース（221ページ参照）をからめてひと煮立ちさせる。
❺皿に盛り、少し煮詰めたソースをかけ、さらにリンゴソースもかける。

リンゴソースの作り方
刻んだリンゴをバターで炒めて、白ワインで煮てから裏漉しをする。砂糖、シナモンを加え弱火にかけ、とろみがつくまで静かに煮る。

カレーライス

5人分材料●豚バラ肉200g、玉ねぎ¼個、トマト½個、リンゴ¼個、にんじん½本、カレー粉大さじ1.5、小麦粉大さじ2、ニンニクと生姜各1片、ローリエ1枚、ブイヨン2.5カップ、油(ラード)、塩・こしょう

❶生姜、ニンニクはみじん切り。玉ねぎと湯剝きしたトマトは粗く切る。
❷鍋に油を熱し、生姜とニンニク、ローリエを炒め、香りが出たらカレー粉を加えて炒める。さらに小麦粉を入れ焦がさぬよう5、6分炒める。
❸ブツブツと泡立ってきたらブイヨンを何回かに分けて溶き合せてゆく。
❹フライパンで豚肉を炒め、軽く火が通ったら玉ねぎを加え、塩・こしょうしてからカレー粉を振ってまぶす。
❺ルーに❹とトマト、摺り下ろしたリンゴとにんじんを加え、弱火で20〜30分コトコトと煮込んで出来上がり。

コールスロー

4人分材料●キャベツ中½個、にんじん¼本、玉ねぎ¼個、塩小さじ2、砂糖大さじ1、酢1カップ、サラダ油1カップ

❶キャベツは芯を取り、粗い千切り、玉ねぎは薄切り、にんじんは千切りにする。
❷ボウルに玉ねぎとにんじんを入れ塩を振ってよくもみ、キャベツを加えて軽く和える。
❸隠し味の砂糖を入れてまた軽くもみ、酢とサラダ油を加えて和える。
❹野菜の上から皿を伏せて重しをのせる。冷蔵庫で1時間ほど冷やして味をなじませる。

ている。ただし、「じゃがいも、にんじん、玉ねぎの形がハッキリとカレーの中に浮いているのが好きだ」という所は、おふくろカレーの正統を受け継いでいる。具といえば炒《いた》めた肉のみで、それまで煮込んだ野菜類の一切をシノワで漉《こ》してスープだけにしてしまう私のカレーとは大違いだ。

文月

コキールか、コキーユか。
帆立貝に尋《き》いてみるか……。

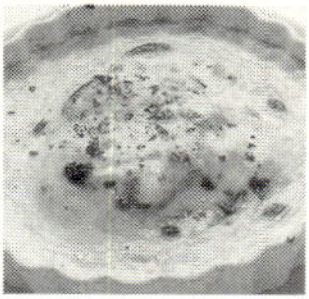

「凧の博物館」にある
先代・茂出木心護胸像。

薄いカツレツを後で食べることにして、まず帆立貝のコキールで日本酒を飲む——池波正太郎の自称外弟子（実は単なる通いの書生）としては、「たいめいけん」へ行ったら当然それをまねしなくてはならないわけだが、私の好みとしては、ここはやっぱりよく冷えた辛口の白ワインにしたい。

帆立貝のコキールそのものに白ワインが使われているし、それに何よりオーブンから出てきたばかりのコキールは熱い。熱々のコキールに燗酒《かんざけ》は、いくらヌル燗にしても、いささかつらいものがある……というのは私の理屈であって、池波党の読者はやはり「帆立貝のコキールには燗酒」でなければならない。

そうすれば、デザートの柚子《ゆず》のシャーベットやゼリーの冷たい感触が一層きわだってくることになる。

　コキールは帆立貝の殻または貝殻形の器に材料を盛り、蒸し焼きにしてそのまま出す料理である。フランスのノルマンディーやブルターニュ地方で、とれた帆立貝の身を刻み、野菜などと一緒に貝殻につめて天火で焼いたのが始まりだ。

　材料には淡泊な白身の魚、貝、海老《えび》、蟹《かに》などの魚介類と野菜が用いられるが、鶏肉を使ったコキールもある。たいめいけん二階のメニューを見ると、小海老のコキール（二千円）、鮑《あわび》のコキール（三千円）、それに帆立貝のコキール「コキールサンジャック」（三千円）の三種が載っている。

　結構いい値段の高級料理である。そう思ったのが私の顔に出たらしくて、凧《たこ》狂料理人・茂出木雅章はルーを練る手を忙しく動かしながら、独り言をいった。

「このコキールのルーを、焦《こ》がさないように練り上げる……この手間がなかなか大変なんだよ……一瞬気をゆるめたら焦げるし、熱いルーがはねて火傷《やけど》はするし……だからね〝コック四十五（5×9＝45）で野垂れ死に〟と、よく親父《おやじ》がいってたよ……」

　店によってはコキールといい、あるいはコキーユという。もともとはフランス語で貝殻やかたつむりの殻を意味するcoquilleだから、コキーユが正しいと思うのだが、これが英語読みでコキールになり、料理用語としては日本の場合、コキールのほうが圧倒的に優勢である。

まあ、これはどちらでも大した問題ではない。問題はコキールサンジャックのサンジャックである。コキールサンジャックが帆立貝のことだというのは仏語辞典を引けばすぐわかる。わからないのは「何故《なぜ》、サンミシェルやサンジャンでなく、サンジャックなのか」だ。

サンミシェルは聖ミカエル、サンジャンは聖ヨハネで、どちらもキリスト教の聖者である。してみるとサンジャックも多分、いわゆる使徒の一人だろうと見当をつけ、調べてみるとサンジャックはやはり聖ヤコブだった。

こうなると、聖ヤコブと帆立貝の関係を解明しないわけにはいかない。しかし、キリストも十二使徒もろくに知らない不信心者である。そのとき学生時代の同級生の顔が浮かんできた。本物のクリスチャンで聖書を手から放したことがなく、卒業後は得意のフランス語を買われてエールフランス勤務。そうだ、あいつなら聖ヤコブも聖ヨハネも親類みたいなものだから、すぐ教えてくれるだろうと何十年振りかで電話をしたが、残念、ヨーロッパへ巡礼地めぐりの旅に出ていた。

結局、頼りは本だけである。池波正太郎はつねづね念力を誇り、「おれは念じたことは必ず実現するんだよ」といっていた。それを思い出して必死に念じ、ついに埃《ほこり》だらけの資料箱の底から、下田敦子著『青森ほたて料理100選』を見つけ出した。私の念力も捨てたものではない。これは単なる帆立料理テキストではなく、一種の〝帆立百科事典〟

である。当然、サンジャックの語源も書いてある。

それによると……。

聖ヤコブ（サンジャック）は、スペイン語ではサンチアゴと呼ばれ、スペイン西北部のサンチアゴ・デ・コンポステラというところに聖ヤコブの墓があると信じられている。

中世にはコンポステラへの巡礼が流行し、フランス以外の外国からも、フランス各地からも、巡礼者たちはまずパリに集合し、サンジャック・ドゥ・ブシュリー（肉屋の教会）に一泊の世話になり、翌朝、大集団で出発するのが習わしだった。当時の街道筋には野盗や追剝《おいは》ぎが群をなして出没し、小人数の旅では物騒この上なかったからである。

コンポステラ詣《もう》での巡礼たちは、全員が目印として帆立の貝殻を身につけた。今日、海外パック旅行の参加者が同じワッペンをつけるようなものだ。ちなみに、古くは十字軍が帆立貝の殻を記章としていたことはご承知の通りである。

サンジャックに捧《ささ》げられた教会で結団式を挙げたのち、全員同じ帆立貝の殻をお守りとして巡礼の長旅に出たとなれば、サンジャックがそのまま帆立貝のことになったとしても不思議はない。巡礼団に加わった騎士が重い鎧《よろい》をまとったまま海に落ち、サンジャックに祈ったところ、たちまち無数の帆立貝が集まってきて鎧にはりつき、その騎士を助けた……という伝説もある。

サンジャック・ドゥ・ブシュリー（肉屋の教会）は、名前からわかるように食肉業組合が組合員の寄附で建てたもので、十六世紀に大改修をした大聖堂が威容を誇っていた。時代が移り、パリの中央にあった屠場《とじょう》と食肉市場は郊外へ移設された。そして一八〇二年、リヴォリ通りが作られたとき、大聖堂は邪魔ものとして取り壊され、その横にあった塔（鐘楼）だけが残った。

サンジャックの塔はいまもパリ市庁近くの小公園の中にゴシック建築の壮麗な姿を見せている。亡師のお供をしてあの界隈《かいわい》は随分歩き回ったはずだが、あの塔にそういういわれがあるとは知らなんだ。

帆立貝はイタヤガイ科の二枚貝である。大きいものは殻の直径二十センチにもなる。二年で約六センチ、市場に出るのは三〜四年物というから、二十センチともなれば十年以上か。殻は一方が浅く紫がかった褐色。もう一方が白くて深い。

大きな帆立貝の殻を調理用の鍋《なべ》代わりにする知恵は洋の東西に共通している。西洋にコキールがあれば、日本には貝焼《かや》きがある。秋田名物の「しょっつる」がその典型である。しょっつるには帆立の貝殻を用いるのが定法だ。他の鉄鍋や土鍋では気分が出ない。

これから夏場は「茄子貝焼《なすかや》き」がいい。茄子の皮をむいて削《そ》ぎ切りにし、水につけてアクぬきをしておく。他には鮭缶《さけかん》が一つ。卓上焜炉《こんろ》に帆立の貝殻をのせ、鮭缶を汁ごと

夕飯どきの少し前の、空《す》いている時間に二階へあがり、
先《ま》ず帆立貝のコキールか何かで、
日本酒をのんでいると、
亡くなった先代が調理場からあらわれて、
「や、いらっしゃい。後で薄いカツレツめしあがりますか？」
と、声をかけてくるような気がする。
この店の洋食は、ワインなぞではなく、
日本酒でやるのが、もっとも私にはよい。
『むかしの味』より

×月×日
きょうは、久しぶりに外出。
先ず、買物をすませる。
書店で清水俊二《しゅんじ》著〔映画字幕五十年〕その他を買う。
〔F〕へ入り、コーヒーと
柚子《ゆず》のシャーベットをたのみ、少しやすむ。
それから試写。フランス映画〔華麗なる女銀行家〕
という邦題だが、
いかにも野暮でまずい。
『池波正太郎の銀座日記』〔全〕より

入れ、ほんのわずか水を加え、醬油《しょうゆ》で味加減をして、茄子を煮ながら食べる。簡単だが実にうまくて、暑い盛りに熱い鍋だから猛烈に汗をかく。汗を出すだけ出せば、後はさっぱり……という逆療法の暑気払いだ。ご先祖が秋田人という知人に教わった。

帆立貝には秋田貝の別名もあるくらいで、昔は秋田が主産地だった。いまは北海道と東北各地で盛んに養殖が行われている。扇貝ともいい、中国名では海扇（何と発音するのかは知らない）である。扇を開いたような優雅な形から出た呼び名だ。

帆立貝の名は、「口を開いて一の殻は舟のごとく、一の殻は帆のごとくにし、風に乗って走る。故《ゆえ》に帆立蛤と名づく」と、江戸時代の百科事典『和漢三才図会《ずえ》』にあるのがルーツらしい。これはむろん空想だが、帆立貝が水中を飛ぶように動くのは事実である。大きな貝柱で二枚の殻を一気に開閉し、俗に貝の耳と呼ばれる所にある二つの噴射口から海水を噴き出して、その反動で前進する。ジェットフォイルの高速船と理屈は同じだ。一夜にして五百メートルも移動するそうである。

養殖法や冷凍技術の進歩で、いまや帆立貝は食べようと思えば一年中いつでも食べられる。それだけに旬《しゅん》の歓《よろこ》びや感動が薄れ、ありがた味がなくなってしまった（爪狂コックク長のコキールは、さすがに「最敬礼！」のうまさだったが……）。

それに比べると、柚子のほうはまだ季節感がある。夏場は涼味満点の青い柚子。初冬からは黄色い柚子。たいめいけんの柚子のデザートは、シャーベットもゼリーも絞り汁を使うだけだから、ほとんど色らしい色がない。

だから黄柚子の皮のリキュール煮を、ちょっと飾りにつける。七月に黄柚子があるはずはないから、冬の間にまとめて一年分を作っておくのである。われわれ素人《しろうと》はなかなかそこまで気が回らない。しかし、柚子ジャムや柚子ねりというものがある。大分県の由布院温泉に「玉の湯」という宿があり、そこの名物としてみやげに売っている。

玉の湯は池波正太郎が愛してやまなかった名旅館の一つだ。二十年も昔、初めて連れて行ってもらって以来、私も親類同然のつき合いをしている。といっても飛行機代が高いから実際には滅多に行けない。

ときどき玉の湯から送ってもらう柚子ジャムか柚子ねりをシャーベットにのせるのも一つの手ではなかろうか。さっそく試してみよう。

文月

柚子シャーベット

材料●柚子汁250cc、水300cc、ガムシロップ170cc、テキーラ少々

材料を全てアイスクリームメーカーに入れ、スイッチを入れる。滑らかになったらスプーンですくって器に盛り、仕上げにハーブなどを飾る。(器械がない場合は、材料を合わせて冷凍庫へ入れる。冷え固まったら取り出してかき混ぜ、再び冷凍庫へ。サクサクとした食感が出るまでこの作業を繰り返す。)

帆立貝のコキール

材料●帆立貝3個、生マッシュルーム2個、トマト¼個、ベーコン½枚、玉ねぎ¼個、牛乳200cc、小麦粉20g、バター20g、塩・こしょう、香辛料（サフラン・ローリエ・クローブ）、粉チーズ・パセリ・白ワイン各少々

❶鍋にバターと小麦粉を入れて弱火にかける。プツプツと泡が出てくるまで焦げないように火を通す。
❷別の鍋で牛乳、玉ねぎのスライス、香辛料を煮る。これを漉して少しずつ❶に加え、溶きのばし、塩・こしょうで調味。
❸帆立は殻から身をはずしワタとヒモを取り除く。塩・こしょうしてから、バターを塗った耐熱皿に並べる。
❹❸にみじん切りのベーコン、トマト、マッシュルームを散らし、白ワインを振る。一旦オーブンで軽く火を通す。
❺❹の焼き汁を混ぜた❷のソースを帆立にかけ、粉チーズを振る。再びオーブンで色良く焼き、パセリで飾る。

柚子のゼリー

材料●ゼラチン4g、砂糖45g、水200cc、柚子汁20cc、柚子の皮の摺り下ろし少々、さくらんぼのリキュール（キルシュ）少々、黄柚子の皮のリキュール煮

❶鍋に水と砂糖を入れて火にかける。砂糖が溶けたら火を止め、水で湿したゼラチンを入れて溶かす。
❷❶をボウルに移して冷まし、粗熱がとれたところで柚子の皮を摺り下ろしたものと汁を加え、キルシュを数滴たらす。
❸ゼリー型となるカップに入れ冷蔵庫で冷やし固める。食べる直前に皿に取り出し、黄柚子の皮をオレンジリキュールで煮たものを添える。

葉月

じゃがいも好きは
なぜか絵がうまい。

テレビドラマの人気シリーズ「鬼平犯科帳」がとうとう終わってしまった（平成十年）。これだけは欠かさず観《み》ていた。私の場合、題名で筋書きも台詞《せりふ》も全部わかってしまうが、それでも面白かった。

「今度は剣客商売がテレビ化されますから……」と、土佐松魚《とさのかつお》がいった。大変な読書家で池波正太郎の全作品を暗記するほど読んでいるが、生前の池波正太郎には会ったことがないという。

同じ編集部に鈴木佐和子という才媛《さいえん》がいて、まだ新婚ホヤホヤらしく料理の特訓中だが、この魅力的な女性が松魚の補佐役である。田の字、松魚、佐和子、銀座の典座《てんぞ》ともいうべき近藤文夫、日本橋「たいめいけん」主人というよりは〝凧狂《たこ》〟として国際的に知られている茂出木雅章、それに私の計六人が「池波正太郎の食卓」再現組合のメンバーというわけだ。

実際の料理は典座と凧狂が担当するが、今月のテーマを何にするかについては残りの四人がカンカンガクガクやり合って決める。葉月は「じゃがいも」と決まった。暑い盛りだから冷たいものがいい、冷たい洋食といったらヴィシソワーズでしょう、と強力に主張したのは松魚だった。ヴィシソワーズなら本来は芋嫌いの私も大好きだ。

ヴィシソワーズとポテトサラダだけじゃ寂しいから、これにクラブハウスサンドイッチを加えようといい出したのは茂出木雅章である。「小さく切ったサンドイッチなどは女子供が食べるものだ」といっていた亡師には、思い切り大口をあけて噛《か》みつくしかないクラブハウスサンドがふさわしい。確かにこの三点セットでいかにも「池波正太郎の食卓」らしくなる。

池波正太郎くらいじゃがいもの好きな人はいなかった。何かといえばじゃがいもである。不朽の名著『食卓の情景』に郷愁のどんどん焼を綴《つづ》った一章があるが、そこに出てくる花形がポテト・ボールであり、鳥の巣焼だ。

正太郎少年が「役者」と名付けたどんどん焼のおやじにいう。

「じゃがいもの茹《ゆ》でたのを賽《さい》の目《め》に切ってさ、キャベツといっしょに炒《いた》めたらうめえだろうな」。これがポテト・ボールである。

「じゃがいもをよくつぶして焼いて、まん中へ穴をあけて卵をポンと一つ落し、半熟になったのを食べたらうめえだろうな」。これが鳥の巣焼である。

「この［鳥の巣焼］は、いまも家人に命じてこしらえさせる」と書いているのだから念が入っている。

『池波正太郎の春夏秋冬』には「むかしの下町の味」なる一文があり、ここでも手放しで礼讃《らいさん》しているのはじゃがいもだ。

──たまさかに、母がつくるライス・カレーやカツレツは、子供にとって、もっとも魅惑をおぼえるものだったが、年に三度か四度、キューピー・マヨネーズを使って、母がつくるポテト・サラダは、たまらないうまさだった。──

　そのライスカレーにはもちろんじゃがいもがゴロゴロ入っているのだ。じゃがいもは南米原産で、新大陸発見以降にヨーロッパへ渡り、日本へは慶長年間にやって来た。オランダ人によってジャガタラ(現インドネシア・ジャカルタ)からもたらされたのでジャガタライモ、略してジャガイモというのはご承知の通りだ。

　わが国での本格的栽培は明治になってからで、函館の男爵《だんしゃく》川田竜吉が明治四十年頃イギリスから持ち帰った早生多収の品種が、いまなおダンシャクイモとして日本の食用じゃがいもの代表格である。

　北アメリカ原産のダンシャクは球形で黄白色、目はやや深く、肉色は白、肉質は粉質。これに対してイギリス生まれのメイクイーンは長卵形で目は少なく、肉色は淡黄色、肉質は緻密《ちみつ》な粘質。だから煮て食べるには煮くずれしないメイクイーンが向き、マッシュポテトやポテトサラダにはダンシャクが適している……と、これはむろん「たいめいけん」主人からの請売りだ。

開店前の静かな店内。

このごろは、夜食をやめ、
ジュース一杯にとどめているので、
朝昼兼帯の第一食がとても旨くなった。（中略）
第一食は薄切りの大きなロース・ハムを
食卓の鉄鍋でステーキにする。（中略）
それとタマネギをたっぷり入れた
ポテト・サラダで、トースト二枚。
赤のワインを一杯のむ。
『食卓のつぶやき』より

池波家の朝食で
目玉焼がのっていた小皿。

私の日記は三年間連用のもので、毎日、
食べたものを記してあるのみだ。（中略）
ところで、私は今日の日記に、（中略）
(昼)マカロニ・グラタン（ハムとタマネギ）と
パン一片。
(夕)焼豚（手製）、Mの冷ポテト・スープ、
ウイスキー水割り、アジの干物、飯一杯、千枚漬。
と、記した。
『夜明けのブランデー』より

先代の茂出木心護が亡《な》くなったのはもう二十年も昔のことになってしまったが、その少し前に長男の雅章をよび、家族が見守っている前で「お前は、いまより二倍はたらけ。そうしたら、女房のほかに女をこしらえてもいいよ」と、いったそうである……と、この話は『日曜日の万年筆』に亡師が書いている。

もともと凧狂だったのは先代で、「たいめいけん」楼上には茂出木心護が生涯かけて蒐《あつ》めた内外の凧コレクションが公開展示してある。恐らく世界唯一《ゆいいつ》の「凧の博物館」だろう。二代目は家業と共に父の凧狂をも受け継いだわけだ。

池波正太郎はどうも「洋食を食べるなら必ずポテトサラダを食べなければならぬ」と、思い込んでいたらしいふしがある。その証拠を『池波正太郎の銀座日記』から拾い出してみようか。

×月×日

午後から、先ごろ買っておいたエラ・フィッツジェラルドのレコード二枚をカセットへ写しながら、新潮社から出る自分の文庫本の表紙を描《か》く。一発できまった。

夕飯は、（中略）上等のハムをステーキにする。バタをからめ、赤ワインをたらして、手早く焼く。ポテト・サラダに缶詰のパイナップル、その後は鰈《かれい》を煮たもので御飯。

×月×日

夕飯は鶏《とり》をバターと白ワインで焼き、あとは天丼なり。（中略）

夜半、空腹になったので、夕飯のときのポテト・サラダをパンにはさんで食べる。その後で、あわてて消化薬をのむ。

×月×日

(前略)アメリカの映画女優ローレン・バコールの回想記を、ちょっとひろげて見たら、たちまちに引きずり込まれ(中略)、眠れぬまま、ついに朝となる。まったく罪な本なり。

おかげで起床が午後二時となってしまう。カレーライスを食べたが、これでは夕飯も二時間遅れとなり、ハム・ステーキにポテト・サラダで白ワイン二杯。それからサツマ汁、粒ウニ、焼海苔《やきのり》などで御飯を食べる。

×月×日

夜、夢を見た。

S・ウィーバーによく似ている某誌の女性編集長が、火炎放射器を構えて私に迫って来たのだ。(中略)

ハッと目ざめたら、もう朝になっている。

きょうの試写は早いので、そのまま起きてしまい、コーヒーとポテト・サラダのサンドイッチで第一食をすませ、外へ飛び出す。

×月×日

夕景、千疋屋《せんびきや》へ行き、オニオン・グラタン、トースト、チキン・カツレツ、ポテト・サラダを食べて帰宅。
久しぶりの所為《せい》か、今夜の千疋屋はうまかった。——
と、ちょっと拾っただけでも、まあこんな具合だ。ポテトサラダの頻出に比べると、ヴィシソワーズは意外なほど出番が少ない。ヴィシソワーズはやっぱり夏の季節ものだからか。

今回泥縄の勉強で初めてわかったのだが、冷たいポタージュ・パルマンティエ（じゃがいもポタージュ）を考え出したのは、ニューヨークのリッツ・カールトン・ホテルで料理長を務めていたLouis Diatである。もう八十年ほど前のことらしい。ヴィシソワーズとは「ヴィシー風の」という意味だから、鉱泉水で名高いフランスのヴィシー名物とばかり思い込んでいたが、まったく私の勘違いだった。

再三いっているごとく、私は「芋・栗《くり》・南瓜《かぼちゃ》」が大の苦手である。他所《よそ》で出されれば黙って食べるが自宅《うち》では絶対に食べない。ただヴィシソワーズだけは例外というのは筋が通らない話だが、いたしかたない。

亡師の『夜明けのブランデー』に「Mの冷ポテト・スープ」が出てくる。この「M」は土佐松魚の推測では「明治屋でしょう」というので、銀座の「トラヤ」へ夏用ハンチングを買いに出たついでに寄ってみたが、明治屋製のヴィシソワーズ缶詰というものは

クラブハウスサンドイッチ

1人分材料●食パン4枚、トマト½個、玉ねぎ¼個、レタス1枚、きゅうり⅓本、ピーマン(黄)½個、ベーコン2枚、卵1個、タイム1本、粉チーズ大さじ1、牛乳大さじ1、鶏ささみ4本、白ワイン大さじ2、ケチャップ大さじ3、ソース大さじ2、ピクルス、からしバター適宜、塩・こしょう・バター・サラダ油各少々

❶きゅうりと玉ねぎはスライスして塩を振り水気を切る。ピーマンも薄切り、トマトは湯剥きして輪切りに。ベーコンはカリカリに焼いておく。

❷7、8ミリに切った食パンをトースト。焼けたらすぐに、からしバターを片面に塗り、香りを保つため立てかけておく。

❸筋を取り、塩・こしょうした鶏ささみをフライパンで焼く。余分な油を除き、ワインを振りアルコールを飛ばす。ケチャップとソースをからめておく。

❹卵に塩・こしょう、タイム、粉チーズ、牛乳を入れてかき混ぜる。フライパンにバターを熱し、スクランブルエッグをやわらかめに作る。

❺パンのバター面に卵を平たくのせる。上にもう1枚パンをのせてレタス、きゅうり、トマト、ピーマンの順に重ねてゆく。

❻またパンをのせ、ささみ、ベーコン、玉ねぎ、そして最後のパンを重ねる。パンの耳を落とし、2つに切る。好みでピクルスなどを添える。

からしバターの作り方

バターを室温でやわらかく戻す。バター6、マスタード(粒なし)4の割合で練り合わす。

ポテトサラダ

4人分材料●じゃがいも4個、にんじん½本、きゅうり1本、玉ねぎ½個、ゆで卵1個、酢大さじ1、マヨネーズ½カップ、粉マスタード、塩・こしょう

❶にんじんは皮を剥き、縦半分に切り、じゃがいもは皮つきのまま、串がすっと通るまで茹でる。

❷じゃがいもの皮を剥き粗く切り、にんじんはいちょう切り。きゅうりは輪切りに。玉ねぎはスライスして粉マスタードを振ってもんでおく。

❸ボウルに❷を入れて塩・こしょうし、酢を振ってじゃがいもをほぐすように和える。

❹粗みじんにしたゆで卵とマヨネーズを和え、器に盛る。冷蔵庫に入れず、すぐ食べるのが美味しい。

ヴィシソワーズ

4人分材料●じゃがいも1個、玉ねぎ½個、セロリ⅓本、ローリエ1枚、クローブ2本、ブイヨン3カップ、牛乳2カップ、生クリーム大さじ4、仕上げ用生クリーム、浅葱適宜、塩小さじ1強、こしょう、バター

❶じゃがいもは皮を剥き、薄切りにして水にさらす。玉ねぎもスライス、セロリはみじん切りに。

❷鍋にバターを熱し、❶とローリエ、クローブを炒める。ブイヨンを加えて煮立て、アクをとり弱火でコトコト煮る。

❸スパイスを取り除きミキサーにかけてから漉す。牛乳を加え再び強火にかけ、塩・こしょうで味つけ。火を止め生クリームを入れる。

❹❸をもう一度漉して、冷蔵庫でよく冷やす。器に入れてから、仕上げ用の生クリームを落とし、浅葱を散らす。

なく、H社とC社のそれがあるだけだった。

ものは試しと両方を買い、さらに別の店で発見したK社の缶詰も買って帰り、三社のヴィシソワーズを食べ比べたが、はっきりいってどれも所詮《しょせん》は缶詰の味である。せっかく凧狂料理人に本式の作り方を教わった以上、今後は自分で作るとしよう。きちんと二度、うんと目の細かい裏漉《うらご》しにかければ、あのなめらかさになるはずだ。

私の身近に風景画家が一人、大手広告代理店のアートディレクターが二人、フリーのグラフィックデザイナーが二人、某国立大学芸術学部教授が一人いて、みんな子供の頃から「絵を描かせれば学校で一番だった」という連中である。これが揃《そろ》いも揃ってじゃがいも大好き人間だ。池波正太郎が絵でも玄人《くろうと》はだしであることは有名である。じゃがいもには画才を育《はぐく》む特別の成分があるに違いない。

長月

朝から、ステーキ丼。
男はかくありたい。

料理人の携帯電話には
お茶目なプリクラとストラップが。

「物書きはテレビに出ちゃだめだよ。やたらに出たがる奴《やつ》もいるが、おれは原則として全部断っている」

これが池波正太郎の持論だった。名前が売れるのはいいが、顔が売れると旅先で「化けの術」が使えなくなり、窮屈だからな……というわけだ。

私も忠実にその教えを守っている。というより、私ごときにテレビから声がかかるはずもないから、結果として自然に亡師の戒めを守っていることになる。

しかし、ラジオならどうか。ラジオについては池波正太郎から何も聞いていない。顔が見えないから、ま、いいか……と、去年（平成十年）の暮、ＮＨＫの「ラジオ深夜便」に出た。毎週水曜日が立子山博恒《たつこやまひろつね》の手作り番組「味なサウンドⅡ」で、池波正太郎縁《ゆか》りのゲストを招《よ》び、池波作品から「食」にまつわる一文を選んで朗読し、インタビューと音楽をまじえつつ、

「深夜のリスナーの胃袋と心にしみわたる味なサウンドをお届けする……というのが私の狙《ねら》いなんですよ。ですから佐藤さん、お気に入りの一文と音楽を選んでください」

立子山博恒にいわれて私が選んだのは、『食卓の情景』から例の伊賀牛を食べるくだりだ。あまりにも有名な一節だから、池波正太郎ファンならだれでも「ああ、金谷《かなや》の情景だな……」と、察しがつくだろう。

——牛肉が、はこばれてきた。

赤い肉の色に、うすく靄《もや》がかかっている。

鮮烈な松阪牛の赤い色とはちがう。

松阪の牛肉が丹精をこめて飼育された処女なら、こちらの伊賀牛はこってりとあぶらが乗った年増女《としまおんな》である。

牛の脂身《あぶらみ》とバターとで、まず「バター焼」を食べた。

「むう……こりゃあ……」

と、味にうるさい風間完画伯。牛肉をほおばってうなり声をあげ、

「こりゃあ、いい」

と、のたまう。

さらに、たっぷりと松茸《まつたけ》をあしらい、ネギやキャベツを加えて三人が、息もつかずに三人前を、たちまちにたいらげた。

もちろん、これではすまない。

バター焼のあとで「すき焼」をやらなくてはならぬ。——

あの夜の立子山博恒の朗読はそれは見事なものだった。流石《さすが》、ＮＨＫの名物アナウンサーだった人だけのことはある。聞いているうちによだれが出てきた。

牛肉については、これ以上によだれが出る文章を他に知らない。まさに不朽の名文というべきだろう。初めて『食卓の情景』を読んだとき、すぐに私は仲間を誘って伊賀上野へ駆けつけ、「金谷」でバター焼を食べ、すき焼を食べたものだ。

念のためにいえば、「松阪牛は処女、伊賀牛は年増女」というのは池波正太郎一流の比喩《ひゆ》的表現であって、極上の牛肉はすべて四歳前後の処女牛である。松阪であれ伊賀であれ、あるいは世界に名をとどろかせる神戸ビーフであれ、もとは同じ但馬《たじま》牛の系統による黒毛和種の牝《めす》だけを、生後八カ月からおよそ三年にわたり、手塩にかけて育て上げたものだ。

その後も何年間か金谷通いをしたが、ここ十数年というものは同じ伊賀上野でも近鉄線上野市駅前の「すきやき伊藤」と決めている。こちらも一階は肉屋、二階が入れこみの大座敷と小部屋が一つか二つ。

看板に「すきやき」とあるが、店主福川政司のお勧めは「網焼」である。うちの伊賀牛は焼いたら香りが一里四方にひろがる、せっかくそれだけ風味のよい牛肉だから、肉のうまみだけで食べてもらいたい、それには網焼が一番……というのがその理由だ。

伊藤では巨大な長火鉢のように作った食卓に炭火をおこし、太い針金の特製網をのせ、醤油《しょうゆ》だれをつけた伊賀牛を焼きながら食べる。本当にいい牛肉ならこうして食べるのが最もうまい（と私は思っている）。伊藤ご自慢の網焼は一切れがハガキ半分ほどの大きさで、厚さも一センチに近い。それが箸《はし》の重さだけですっと切れる。焼く香りと、噛《か》んだときの甘みが何ともいえず、気がつくとあっという間に二人前は平らげている。

最後の一切れか二切れを白いご飯にのせて頬張ると、

「ああ……ああ……これぞ至高のステーキ丼なる……」

思うのは、いつも、このことである。

ビーフステーキには赤ワインが通り相場だが、「おれは赤ワインよりウイスキーの、薄めの水割り。これが実に合うんだよ。試してごらんよ」と、池波正太郎に教わった。やってみると、確かにこれも悪くない。池波正太郎自身はどこか有名ホテル（名を聞いたはずだが覚えていない）の料理長に教えてもらったといっていた。

実をいうと、亡師は赤ワインそのものがあまり好きではなかった。ワインなら、むしろ白を好んだ。何回か私がお供の三太夫《さんだゆう》を務めたフランス旅行の、最初のときのことである。

「ワインはすべて、きみが好きなように決めていいぞ」

と、出発前にお墨付きをもらっていたから、二週間だか三週間、徹底的に赤を飲んだ。いま思い返しても、あれはわが生涯最高のワイン贅沢《ぜいたく》だったと思う。帰国してから私はこっぴどく怒られた。

「きみは、一度も、おれにワイン選びの相談をしてくれなかったな！」

「………」

「おれは、本当は、赤は嫌いなんだ!!」

フランス旅行で殿様はビーフステーキを食べたか。否《ノン》である。フォアグラには目がなくて、メニューにあれば必ずといってよいほど食べたが、ステーキはほとんど私の記憶にない。フランスでは牛肉より仔羊《こひつじ》だった。「牛肉は日本が一番だから……」と、池波正太郎は思っていたに違いない。実際、その通りである。といってヨーロッパやアメリカの牛肉がうまくないのではなく、牛肉のタイプが始めから異なるということだ。比べるべき筋合いのものではないのである。

長月の「池波正太郎の食卓」に凧《たこ》狂料理人が供したステーキ丼は、いかにもプロらしく栄養バランスを考えぬいた、独特の〝たいめいけん流〟だった。ヒレステーキに加え

×月×日
午前十一時起、いきなり、ステーキ丼を食べる。
できるだけ、肉はつつしむことにしているが、
夏は肉を食べぬともたない。
夕景、〔オール讀物《よみもの》〕の菊池君が迎えに来てくれて、直木賞の授賞式へ行く。
受賞者の連城・難波《なんば》の両氏、うれしそうなり。
私が受賞したのは昭和三十五年の夏で、
それからもう二十四年が過ぎてしまった。

『池波正太郎の銀座日記』〔全〕より

これによく詰めていたのは
豊子夫人が作った煮豆。

子供のころ、私はトマトの皮を剥《む》いてもらい、
種を除《と》り、小さく切ったのへ
醤油《しょうゆ》をかけて食べるのが好きだったが、
小学校も五年生になると、弁当のほかに、
「おばあさん。一つ持って行くよ」
祖母にことわり、台所から一つトマトを
ランドセルへ入れ、昼食のときに塩をつけて食べる。
「よく、そんなものが食えるね」
と、同級の生徒たちがいった。

『味と映画の歳時記』より

て、山芋（とろろ）、オクラ、煎《い》り胡麻《ごま》、貝割れ大根、白髪葱《しらがねぎ》、クレソン、針海苔《はりのり》と盛り沢山。さらに卵黄一個と食用バラ一輪を飾るという凝りに凝ったスタイルである。「月見る月はこの月の月」という九月だから、「名月仕立て」のステーキ丼と思えばなかなかの趣向……といいたいが、私の好みからいえば凝り過ぎだ。しかし、「池波正太郎の食卓」再現組合の全員（私を除く）が、試食したその味にうっとりと目を細めていたことを記しておかなければなるまい。

私にとっては、亡師がこよなく愛した冷たいトマトスープが、「流石、名代《なだい》のたいめいけん……」と、無条件で脱帽する味だった。これは何とか練習を重ねて「うちの夏の定番」にしたいものである。手練《てだれ》の料理人が作るプロセスを見ていると、いかにも簡単そうに見える。

「店で出すときは、きれいにシノワで漉《こ》しますがね。家庭で作るなら、そのまま素材のつぶつぶ感を生かすのもいいと思いますよ」

と、凧狂コック長はいい、それからニヤッと笑って、一言つけ加えた。

「ブイヨンがしっかりできていればね、必ずうまくできるんだよ」

固形スープの素を使った安直なブイヨンもどきでは本当の味にはならないよ……といっているように聞こえた。なに、こちらには茂出木雅章著『洋食やのコツ』がある。これを見れば本格ブイヨンと簡単ブイヨンの作り方が両方ともちゃんと載っている。

池波正太郎のトマト好きは、いわゆる幼時体験と無縁ではない。関東大震災後、四、五歳まで暮らした浦和の家では、両親がそろっていた。父は毎日汽車で日本橋の綿糸問屋へ通勤し、母は庭先の小さな菜園でトマトや茄子《なす》や胡瓜《きゅうり》を作った。幼い正太郎がそれを見ていた。

やがて父の店が倒産し、東京へもどった父母が離婚する。トマトを食べるたびに、池波正太郎は遠い日の浦和の田園風景を思い出す。トマト特有のあの匂《にお》いは、平穏な家庭の日々の象徴だったのだ。

さて……。

ちゃんとしたホテルなら、朝食メニューにモーニングステーキがある。先日泊まった蒲郡《がまごおり》の古いホテルにも、むろんあった。一度ぐらいこれを注文してみたいと思うのだが、まだ実行したことがない。胃袋のサイズの問題ではなく、どうも人間の器量の大小が問題のようだ。「午前十一時起、いきなり、ステーキ丼を食べる」という池波正太郎はやっぱり凄《すご》い。

トマトスープ

4人分材料●トマト2個、玉ねぎ½個、セロリ⅓本、ベーコン1枚、ローリエ1枚、小麦粉大さじ3、ブイヨン3カップ、トマトペースト大さじ4、生クリーム大さじ4、パセリ、バター、塩・こしょう

❶玉ねぎ、セロリ、ベーコンはみじん切りに。トマトは湯剥きして種をとって刻む。

❷鍋にバターを溶かし、ベーコン、セロリ、玉ねぎを炒め、ローリエを入れる。火が通ったらトマトも加えて炒める。

❸火を弱めてから小麦粉を振り入れ、ブイヨンを少しずつ加えて溶きのばす。中火で10分くらい煮てアクをとる。

❹トマトペーストを溶き、更にコトコト煮る。ローリエを取り出し、塩・こしょうで調味して器によそい、生クリームと刻みトマト、パセリで飾る。

ステーキ丼

1人分材料●牛肉150g、ご飯、卵黄1個、山芋摺り下ろし、オクラ1本、刻み海苔、白胡麻、ねぎ、クレソン、貝割れ大根、酒少々、塩・こしょう少々、ステーキソース、食用バラ

❶牛肉は塩・こしょうして、油をひいたフライパンで焼く。好みの焼き加減になったら一旦油を切り、手早く酒を振って火を回し、ステーキソースをからめる。

❷丼のご飯に、斜めにスライスしたステーキをのせ、ソースをかける。上に、刻んだオクラ入りの山芋をかけて卵黄を落とす。

❸さらに煎り胡麻、白髪ねぎ、貝割れ大根の順にのせていく。仕上げに刻み海苔を散らし、クレソンとバラを飾って出来上がり。

❶

❸

ステーキソースの作り方

鍋に醤油とみりんを同割で合わせ、生姜、にんにく、玉ねぎの摺り下ろしと少々の酒を加え、ひと煮立ちさせる。

どんどん焼は
何故《なぜ》どんどん焼か。

神無月

自分が生まれ育った土地の食べものについて語るときは、前にも書いたが、人間だれでも激したきめつけかたになりやすい。池波正太郎ほどの人でも同じことである。東京の下町を象徴するものであった（らしい）どんどん焼を、池波正太郎は、「いまのお好み焼のごとく、何でも彼《か》でもメリケン粉の中へまぜこんで焼きあげる、というような雑駁《ざつぱく》なものではない」

と、高言してはばからない。

確かに、お好み焼は雑駁を極めている。以前、「大阪の粉もん」なるものを勉強する機会があった。案内してくれた浪花女《なにわ》は魅力的だったが、三日間にわたってきつねうどん、たこ焼、お好み焼を食べさせられ、ヘキエキして帰ってきた。

大阪名代のお好み焼屋の主《あるじ》が、二十余年前に家業の衣料品屋を廃業する破目になったとき、お好み焼屋に転じた理由はまことに簡単明瞭《めいりょう》だった。即《すなわ》ち、

「素人《しろうと》がすぐできる食いもの屋はお好み焼しかないからや」

当時すでにお好み焼の店は掃いて捨てるほどあった。そこへなぐり込みをかけるには、他所《よそ》がやっていない新しいもの、オリジナルなお好み焼で勝負するしかない。そこで次から次へとひねり出したメニューがざっと二百種。そのうちいまなお現役で残っている

ものが約八十種。

この一事を以《もっ》てしても本来お好み焼というものがいかに雑駁なものであるかがわかる。逆にいえば、そこにこそお好み焼のお好み焼たる存在理由《レゾンデートル》もあるわけだ。「なんでもアリ」だからお好み焼なのである。

東京の下町伝統のどんどん焼は雑駁なものに非《あら》ず、と亡師はいう。しからば正統どんどん焼とはいかなるものか。

池波正太郎が『むかしの味』の中で舌なめずりしながら書いている（と思われる）どんどん焼は、たとえば次のようなものだ。

最低のエビ天、イカ天、肉のないパンカツなどが二銭。パンカツの上《じょう》は牛の挽肉《ひきにく》を乗せて焼くもので、これは五銭。メリケン粉を細長く置いて、これに豆餅《まめもち》と餡《あん》を乗せて巻き込んで焼いたのが「おしる粉」。キャベツと揚げ玉を炒《いた》めたものが「キャベツ・ボール」。

「最上のものは「カツレツ」であって、これはメリケン粉を鉄板へ小判形に置き、その上へ薄切りの牛肉を敷き、メリケン粉をかけまわしてパン粉を振りかけ、両面を焼きあげたもので、これが五銭から十銭だった」とある。

新潮文庫『むかしの味』は、カバーの絵も本文中の挿絵も池波正太郎自身の手になるもので、「どんどん焼」の一章にはちゃんと屋台の絵が入っている。そこにへばりつくようにしている坊主《ぼうず》頭の子供は間違いなく小学生の正太郎だ。何故なら、本文にこうある。

「茶柄杓《ちゃびしゃく》のようなもので、メリケン粉を鉄板へ落し込み、厚手の「ハガシ」を魔法のようにあやつる町田のおやじの手ぎわのあざやかさを、私たちはツバをのみこみながら見まもっていたものだ」

実をいうと、この私はどんどん焼というものを生まれてこのかた一ぺんも食べたことがない。生まれこそ東京は本郷真砂町《まさごちょう》だが、小学校（正確には国民学校）二年から越後《えちご》の田舎へ疎開《そかい》してしまったからか。亡師は大正十二年生まれ。私は昭和十一年。その年代の差かとも思ったが、これはどうもそうではないらしい。

それというのも私と同齢の料理人がいて、名を白濱晃といい、駒込《こまごめ》に小体《こてい》な庖丁処《ほうちょうどころ》を営んでいる。その腕に惚《ほ》れてここ数年通いつめているが、先日、ちょっとどんどん焼の話をしたところ、たちまち乗り出してきて、「なんたってオレは神田須田町《すだちょう》に生まれ育っているからね。おまけに界隈《かいわい》では名うての悪ガキだったんだ。どんどん焼のことなら何でも尋《き》いとくれ」。

梅多里亭主人・白濱晃の話をかいつまんでまとめると次の如《ごと》くである。

――神田は駄菓子屋が多くて、たいがいバアサンが上り框《かまち》のところに火鉢であったまっ

池波正太郎、どんどん焼を作る。

日本橋の〔たいめいけん〕へ行き、
薄目のロース・カツレツにオムライスを食べ、
Mデパートへ寄ってから、丸善へ行こうとおもったが、
少し寒くなってきたので、タクシーを拾って帰る。（中略）
夜は、岩浪洋三氏が贈って下すった
レコードを聴く。
『池波正太郎の銀座日記』〔全〕より

薄い出汁に小柱と三つ葉を入れ、
白身魚の切身を煮る。池波家の夜食。

久し振りで〔どんどん焼〕をやった。
いわゆる〔お好み焼〕であるが、
われわれ東京の下町に生れ育ったものにとって、
この〔どんどん焼〕ほど、
郷愁をさそうものはない。（中略）
いまのお好み焼のごとく、
何でも彼《か》でもメリケン粉の中へまぜこんで焼きあげる、
というような雑駁《ざっぱく》なものではない。
『食卓の情景』より

ている。その火鉢に鉄板のせて焼くのが、もんじゃ焼。ほとんど水とメリケン粉で、せいぜいキャベツだ。これにブルドックソース。ほんとの駄菓子だよ。

粉少なめで水たっぷりの、ひどく薄いもんだから、これで鉄板にさらさら字が書ける。文字焼《もんじやき》が名前の始まりだと思うよ。

どんどん焼はもんじゃよりランクが上なんだ。溶いたものが濃くて固い。入れるのは葱《ねぎ》の小口切り。干しえび。切りイカ。とにかく具が少ないのが東京スタイルで、これもソースをつける。カエシで碁盤目を入れるが、切らないのが名人芸で、ひっくり返して裏も焼くんだ。どんどん焼という名前は、何か中国の行事だか故事だかに由来するはずだが、度忘れしちゃったな――

肝腎要《かんじんかなめ》のところを度忘れでは、どうにもしようがない。小正月（一月十五日）に門松・竹・注連縄《しめなわ》などを集めて焚《た》く「どんど焼」という行事がある。書初めなども一緒に焚き、その破片が天高く舞い上がったら字が上手になる、ということになっている。また、この火で焼いた餅を食えば、一年中病気をしないともいう。

どんど焼は全国的な民間信仰だが、本来は「左義長《さぎちょう》」と呼ばれる宮中の正月行事。「清涼殿の東庭で、青竹を束ね立て、毬打《ぎっちょう》三個を結び、これに扇子・短冊《たんざく》・吉書《きっしょ》などを添え、謡《うた》いはやしつつ焼いた」うんぬんと広辞苑《こうじえん》にある。ちなみに毬打は童子の遊戯に毬《まり》を打つ柄の長い槌《つち》で、近世は彩色を施し、金泥《きんでい》銀泥を加えて正月の飾りものにした……と、これも広辞苑に書いてある。

宮中行事の多くは中国にルーツがあるようだから、梅多里亭のいう中国の行事とはこの左義長のことだろうか。ついでに調べてみた清水桂一編『たべもの語源辞典』(東京堂出版)には、残念ながらどんどん焼の「ど」の字も出ていなかった。本山荻舟《てきしゅう》の大著『飲食事典』(平凡社)にも、どんどん焼はない。

一応ここまで下調べをして「たいめいけん」へ乗り込み、凧《たこ》狂コック長・茂出木雅章による「どんどん焼の洋風」というものを生まれて初めて食べた。

今回、どんどん焼をやるについては茂出木雅章、下町のお年寄りを何人も訪ねて昔風のそれを随分勉強したという。ところが、みんなそれぞれにいうことが違う。しかも全員、オレのどんどん焼が正しいといい張る。

「結局、人それぞれに思い込みがあるのがどんどん焼。池波先生流が唯一《ゆいいつ》の本式というわけじゃないんだよ」というのが「たいめいけん」主人の結論である。

この日が本邦初公開の本格洋風どんどん焼は合挽《あいびき》肉・芝えび・ベーコンが入り、牛乳とバターをたっぷり使い、香りづけにはローリエも用いるという贅沢《ぜいたく》なもの。これがまずかろうはずはない。茂出木雅章は胸を反らしていったものだ。「味については、このほうが圧倒的にうまいに決まっている。だって池波正太郎は本来文章で食べてる人で、料理で食べていた人じゃないからね。それなのに、あんまりにもうまそうに書き過ぎるんだよなァ、先生は……」

生涯最初の（そして恐らくは最後の）どんどん焼について私の率直な感想を記せば「亡師には申しわけないが、これを肴《さかな》に酒を飲む気にはとてもなれない」このことに尽きる。同じ材料で、ただメリケン粉だけ抜いて、炒め合わせたものならお代わりを要求したかもしれないが……。

ところで、どんどん焼なるネーミングの由来についてだが、爪狂料理人の解釈は明快そのものだった。

「よく焼けるように上から木ベラでドンドン叩《たた》くからね。だからどんどん焼でしょう」

神無月《かんなづき》の「池波正太郎の食卓」、もう一品はオムライスだった。「粉もん」の類《たぐい》は何故か好きになれない私にとっては地獄で仏。オムライスは「大」の字を三つ四つ冠してもいいほどの大好物である。うちでもしょっちゅう古女房に作らせるし、自分でも作る。もしかしたら亭主のほうが上手かもしれない。

「オムライスのケチャップ御飯は、チキンライスでもいいしハムライスでもいい。そのコツを一言でいえば、〝手早く〟。これだけのことです」と、茂出木雅章はいい、あっという間に作って見せた。

しかし、やっぱりスピードだけではない。ケチャップライスに白ワインを振りかけるところに洋食屋の秘伝があった。これによって風味が一段とよくなるだけでなく、御飯

どんどん焼

2枚分材料●キャベツ⅙個、芝海老10尾、ベーコン50g、玉ねぎ½個、合挽肉50g、山芋50g、トマト½個、卵1個、ローリエ1枚、小麦粉100g、牛乳1カップ、塩・こしょう、バター適宜

❶牛乳と卵をかき混ぜ、小麦粉を加える。摺り下ろした山芋を入れ、塩・こしょうして1時間ほど寝かせる。

❷キャベツ、ベーコンは刻み、玉ねぎは繊維にそってスライス。トマトは湯剥きして刻む。芝海老は剥いて背わたをとる。

❸フライパンにバターを熱しベーコンを炒める。ローリエ、肉、芝海老を加えてさらに炒め、味をみて塩・こしょうする。

❹❶の中に❸とキャベツ、玉ねぎ、トマトを入れて混ぜる。フライパンに油をひいて、半量ずつ焼く。

❺ふたをして弱火でじっくりと焼く。裏返したら上から押しつけるように木べらで叩いて中まで火を通す。

どんどん焼用ソースの作り方

ウスターソースとケチャップを1：2の割で合わせ、好みでマヨネーズとマスタードを加える。

もやしとコーンのカレー風味の作り方

もやしはひげをとっておく。フライパンにバターを溶かしてカレー粉を加える。もやしとコーンを入れ、白ワイン、こしょうを振って炒める。

オムライス

4人分材料●ご飯2膳分、玉ねぎ½個、ハム4枚、ケチャップ大さじ4、卵12個、白ワイン少々、塩・こしょう、バター適宜

❶フライパンにバターを溶かし、みじん切りにした玉ねぎと刻んだハムを炒め合わせ、ケチャップをからめる。

❷❶にご飯を加える。白ワインを振り入れて、ご飯をほぐすように炒め合わせる。

❸卵3個を溶いて軽く塩・こしょうし、バターを熱したフライパンに流し込む。箸で大きく混ぜ、半熟になったら火を止める。

❹❷の¼量を中央にのせ、手前の卵をご飯にかぶせる。左手でフライパンを持ち、右手で左の手元を叩き、全体を回転させる。

❺卵を1回転させてきれいにご飯をくるむ。卵の合わせ目が上にきたらフライパンを持ちかえ、ひっくり返して皿に移す。

❹

がびっくりするくらいよくほぐれるのである。いいことを教わった。

　オムライスもまたカレーライス同様、日本人の歴史的な大発明である。チキンライスも然《しか》り。幕末から明治初期に横浜・神戸などの開港場で、船員や外国人相手の手軽な飯屋が発達した。これをチャブ屋という。そこでまずチキンライスが生まれ、それがオムレツと一体になってオムライスが誕生した……と、小菅桂子が名著『にっぽん洋食物語』の中で解き明かしている。白状すれば私の洋食の知識はすべてここからの請売りだ。本に載っている写真で見ると大変な美貌《びぼう》の博識著者に深謝。

霜月

兄たり難く弟たり難し。
カツレツと、とんかつ。

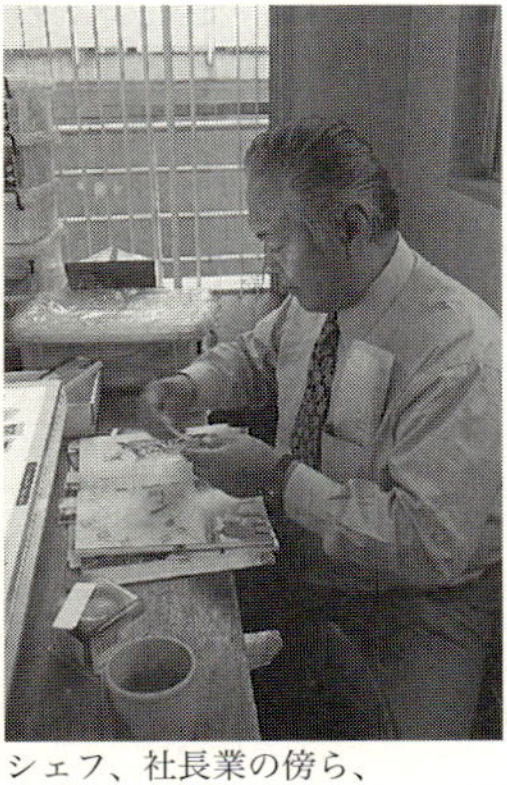

シェフ、社長業の傍ら、
「日本の爪の会」会長としての仕事も。

――美校へ用がある彼女と別れて、また谷《や》中界隈《なかかいわい》を取材してから、タクシーで銀座へ引き返す。

「煉瓦《れんが》亭」へ入り、ハイボール二杯、ポーク・カツレツに御飯。私には何といっても、この店のカツレツが、いちばんうまい。

とんかつだのカツレツだのは人それぞれにルーツがあって、

「それは、ぬきさしならないものです」

いつか、私の友人がそういったことがある。

そうかも知れない。――

『池波正太郎の銀座日記』より

亡師にとっては、銀座三丁目の「煉瓦亭」がぬきさしならないものだった。株屋の見習い小僧になった「正どん」が、株券の名義書換えのための会社回りの帰途、たまたま見つけて一人で入った洋食屋が煉瓦亭だ。そこで食べたカツレツに少年池波正太郎は生涯忘れないほどの衝撃をうけた。それを『青春忘れもの』の中で、こう書いている。

——揚げたてのカリカリしたカツレツが、真白い皿の上へ……その味も、そえてあるキャベツの若草のようにやわらかく香り高い舌ざわりも、ウスター・ソースの匂《にお》いも、いままで食べたカツレツなど、

（あんなのは、カツレツじゃあなかったんだ）

それほどに、すばらしい味がしたものだ。——

さらに『散歩のとき何か食べたくなって』では、こうだ。

——この洋食の草分けといってもよい店の大カツレツは皿からはみ出してしまうほどだが、十六、七歳のころの私は、これを三人前は平《たいら》げたものだった。いまは一枚も危いだろう。

いまの私は、小ぶりのポーク・カツレツが二枚盛りつけられてくる「上カツレツ」を食べる。——

本当に池波正太郎は煉瓦亭が好きだった。私が連れて行ってもらった店の頻度ランキングでは文句なしの第一位で、二位から十位まではナシ、十位以下に「花ぶさ」「新富寿し」「資生堂パーラー」……といった感じだ。そのくせ、どういうわけか「たいめい

けん」へは一回も連れて行ってもらったことがない。

煉瓦亭へ行けば必ずカツレツである。私にはいつでも大カツレツを食べろといい、自分は確かに上カツレツだった。「カツレツに御飯」といっても白い御飯のほうが珍しく、ハヤシライスが多かった。たまにハムライスだったこともある。もっとも、それは私がいたからかもしれず、「御飯はハヤシライスを一つもらって、二人で分けようや」。たいていこれだった。

勘定を払うときに、池波正太郎はこんなふうにいう。

「いつもながら、ここのカツレツはうまいねぇ。しかもいまは新キャベツの季節で、このキャベツがカツレツの味を一段と引き立てるんだよねぇ……」

なるほど、食べもの屋の別れ際《ぎわ》のあいさつはこういう具合にやればいいんだ……と、私はいまも門前の小僧で亡師のまねをしている。いまだに板にはつかないが。

カツレツのルーツをたどれば、明治初期に日本へ入ってきたフランス料理のコートレット（羊・仔牛《こうし》・豚などの骨付き肋肉《あばらにく》）にたどりつくらしい。なぜか牛肉にはこのことばは用いられず、本来は牛以外の獣肉を、衣を付けてバター焼きにするか、または網焼きにするものだ。コートレットの英語はカットレット。そのあたりからカツレツという日本語が生まれたとされている。

コートレットをカツレツに変えたのは、明治二十八年創業という煉瓦亭だった。豚肉に衣を付けて油で焼きつけ、これをオーブンで一枚一枚仕上げるコートレットは、いっぺんにたくさんできない。日本の天ぷら式に揚げてしまうことにすれば、大鍋でどんどんできる。ついでに付け合わせも手間のかかる温野菜をやめ、刻んだ生キャベツにすれば簡単、簡単……と、煉瓦亭の創業者・木田元次郎は考えた。これが大当たりで「以来、フライ式ポークカツレツと生キャベツの組合わせが全国的に広まり制覇するに至った」と、小菅桂子先生は解説していらっしゃる。

さて……。カツレツとよく似たものに「とんかつ」がある。とんかつとカツレツはどこがどう違うか。

カツレツは肉を薄切りにするのが本来の姿で、大きいまま皿にのせて出すから、ナイフとフォークで切りながら食べる。だからカツレツは洋食である。カツレツにはポークばかりでなくビーフカツレツもあれば仔牛のカツレツもあり、さらにはチキンカツレツもある。

しかし、とんかつは、その名の通り豚《とん》に決まっている。しかもその肉が分厚い。カツレツなら肉と衣とどっちが厚いかわからなくても、だれも文句はいわない。だが衣より肉が薄いとんかつだったら、たいていの客が怒るだろう。少なくとも私は怒る。分厚いとんかつは、あらかじめ食べやすいように庖丁《ほうちょう》を入れて出す。それを箸《はし》で食べる。だから、とんかつは和食である。和食のとんかつには、御飯と味噌汁《みそしる》と漬物は付いても、パンが付くことはあり得ない。

とんかつの発祥については諸説があって定かでない。大正時代の関西起源説もあれば、いや明治時代からすでにあったともいう。大方の意見が一致した所では、昭和初期、東京は上野広小路一帯の洋食屋から始まった……ということになっている。昭和四年ともいい、昭和七年ともいう。その元祖とんかつ屋も「楽天」だ、いや「ポンチ軒」だ、そうではなくて「ぽんち軒」が正しい、と諸説紛紛《ふんぷん》である。

ま、そういう難しい詮索《せんさく》は専門家にまかせよう。それよりも、一度ぐらいは撮影済みの料理を味見するのでなく、「たいめいけん」のちゃんとしたボルシチとカツレツを「客として」食べようではないか……と、私がいい出し、「池波正太郎の食卓」再現組合の肝煎《きもいり》、土佐松魚《とさのかつお》が「たまには仕方がないか」と、しぶしぶ同意した。

いつも撮影取材は昼の混雑が一段落した一時半からと決まっているのだが、そういうわけでこの日ばかりは十二時半に意気揚揚、たいめいけん二階へ繰り込んだ。ボルシチは当然頼むとして、カツレツはこの際ビーフカツレツにしようかと思っていた私は、メニューを見て絶句。

カツレツ（ビーフ）五千五百円。

とんかつ（ロースまたはヒレ）二千二百円。

仔牛カツレツ二千二百円。

狐色《きつねいろ》に揚がったやつにナイフを入れると、
バリッところもがはがれる。
これがたまらない。
ウスター・ソースをたっぷりかけて、
キャベツも別に一皿、注文しておいて食べる。
ウイスキー・ソーダ二杯で、このカツレツを食べ、
米飯を、ちょいと食べるのが、いつもの私のやり方である。
勘定、安い。銀座の老舗《しにせ》の良心が、うかがえる。

『食卓の情景』より

師である長谷川伸の喜寿の祝いでいただいた湯飲み。

いま、私は〔たいめいけん〕へ行き、
立派になった店のガラス扉を押して入ると、
四十年も前の東京の洋食屋のよい匂いが、
どこからともなく、ただよってくるのを感じる。
こころがときめくような洋食屋の香りだ。（中略）
この店の階下の食堂では、いまもキャベツのサラダと
スープ（ボルシチ）が五十円なのだ。
むろん、これだけでは儲《もう》かるはずがない。
ないけれども、決して値上げをせぬ。

『日曜日の万年筆』より

分相応ということがあるから、私はロースのとんかつ、松魚は仔牛のカツレツである。どちらも質・量ともに間然する所なく、ボルシチもまことに結構な一品だった。こういうボルシチなら一皿七百円はまったく高くない……と、われわれの評価は一致したが、松魚がつぶやいた。

「一階のボルシチは五十円。このボルシチは七百円。十四倍ですよ、十四倍……」

「どうしてそういうことになるのか、ご当人に尋《き》くとしよう」

ボルシチの材料を準備しながら爪《たこ》狂料理人・茂出木雅章はいった。

「五十円の一階ボルシチは、大量の野菜いろいろをドバーッと使い、いちいち野菜を炒《いた》めないで入れる。肉もこんないい肉を切って使うのでなく、脂身《あぶらみ》や切り落としが主体。それでもやっぱり儲《もう》けはありませんよ。意地で続けているだけでね……」

たいめいけんが初めて五十円のボルシチをメニューに登場させたのは昭和二十三年。その頃はカレーライスが七十円だったから、「むしろ高級なスープだったんですよ」という。

ロシアでは昔から「シチーとカーシャはわが母なり」と、いいならわしてきた。カーシャは、かゆ。といっても米の粥《かゆ》ではなく、そばのそれが普通だったようである。シチーはキャベツをメインに、ありあわせの野菜をなんでも入れて煮込んだ食べでのあるスープ。シチーと並んで安上がりな、ロシア家庭料理の代表ともいうべきものがボルシチだ。ビーツ（赤蕪《あかかぶ》）が必ず入るので真っ赤になるのが特徴である。一番安直なボルシチはビーツとさまざまな野菜を水から煮込むだけだが、暮らし向きのいい家ではソーセージや各種の肉も入れ、煮込みにブイヨンを使う。

もともとボルシチとはこういうものだから、手のかけようも味もピンキリで、土地により家により千差万別のバリエーションがあるわけだ。どちらもボルシチなのである。たいめいけんには、そのピンとキリ（にかなり近いが、味ははるかに上！）の両方があるということ。

「味には絶対の自信がある。五十円だけれどもあくまで本格のボルシチです」

と、茂出木雅章は胸を張った。

池波正太郎が好んだのは「薄いカツレツ」だが、私がこの日、昼に食べたロースカツは厚さが優に二センチ近かった。それをいうと厨狂料理長は笑いながら、

「池波先生のときだけは、〝紙カツ〟にするんだ。肉を紙のように薄切りにね。先生は薄いカツレツでないと、本当のカツレツではない、と。昔の人だからね……」

ボルシチ

材料●豚肉200g、ビーツ1個、セロリ1本、じゃがいも1個、玉ねぎ2個、キャベツ¼個、トマト1個、にんにく1片、トマトピューレ1カップ、ローリエ2枚、ブイヨン5カップ、生クリーム、サワークリーム、パセリ、バター、白ワイン、塩・こしょう

❶トマトは湯剥きして種を取り、角切りに。キャベツは粗く刻み、セロリ、じゃがいも、玉ねぎ、ビーツも皮を剥いて一口大に切る。ビーツの皮は取り置く。

❷鍋にバターを溶かし、みじん切りのにんにくとローリエ、小さく切った豚肉を炒める。キャベツ、セロリ、じゃがいも、玉ねぎも加えて白ワインを振る。

❸野菜に軽く火が通ったらブイヨンを注ぎ、トマトピューレとトマト、ビーツを加える。アクを取りながら中火で1時間以上じっくりと煮込む。

❹その間にビーツの皮を少量の水を入れた鍋で汁が真っ赤になるまで煮出しておく。仕上げにその汁を❸に加えてひと煮する。

❺塩・こしょうで調味して器によそい、生クリームとサワークリーム、パセリで飾る。

❷

❹

カツレツ

材料●豚ロース肉、卵、小麦粉、パン粉、塩・こしょう、ドミグラスソース（221ページ参照）

❶豚肉は3、4カ所庖丁を入れて筋を切る。裏表に軽く塩・こしょうしておく。

❷肉に小麦粉をまんべんなくまぶし、溶き卵をくぐらせて、パン粉を十分にまぶす。

❸中温の油できれいなきつね色になるまでゆっくり揚げて中まで火を通す。つけあわせと共に皿に盛り、ドミグラスソースをかけて出来上がり。

つけあわせの作り方

●アスパラガスとしめじは茹でてから軽くソテーする。

●にんじんのグラッセは、鍋にバター大さじ1を溶かし、水1カップ、砂糖大さじ2、塩少々を煮立てる。形を整えてあらかじめ柔らかく茹でたにんじんを入れて煮からめる。

師走

これぞ洋食屋の金看板、ハヤシライス。

師走《しわす》と聞いただけで急に時間《とき》の流れかたが速くなるような気がする。ふだんはゆったりと構えて偉そうな僧（師）でさえ、つい気が急《せ》いて小走りに町を行くようになるというので師走……というのはむろん俗説で、本当は四時《しじ》の果つる月「四極月《しはつづき》」とも、あるいは「為果《しは》つ月」が転じたものとも、いろいろな説があるらしい。

師走の「池波正太郎の食卓」は、牡蠣《かき》とハヤシライスである。牡蠣フライを肴《さかな》として軽く一杯やり、然《しか》るのちにハヤシライスを食べるのが池波流だ。この場合、飲むのは白ワインでもビールでもなく、お燗《かん》をした酒でもなくて、ウイスキーというのが実にいい。

木枯らしが身にしむ頃からいよいよ牡蠣がうまくなってくる。商売上手な小料理屋などが「牡蠣鍋《なべ》はじめました」と、早くも九月のあたまから貼《は》り紙をしたりするが、牡蠣の真味を求めるなら、やはり本格的に寒くなってからだ。

亡師は牡蠣が好物だった。

——十二月に入ると、私には河豚《ふぐ》よりも牡蠣のほうがよい。

それも生牡蠣ではなく、鍋にしたり、牡蠣飯にしたり、網の上へ昆布を敷き、それこそ葱《ねぎ》といっしょに焼き、大根おろしで食べたりする。

夜食の牡蠣雑炊もよい。——

と、『味と映画の歳時記』に書いている。

ご当人も認めているように、何故《なぜ》か生牡蠣は好まなかった。剣客商売『新妻』の一篇「金貸し幸右衛門《こうえもん》」では、「蠣《かき》の酢振《すぶり》へ生海苔《なまのり》と微塵生姜《みじんしょうが》をそえたもの」を小兵衛《こへえ》に食べさせているから、酢牡蠣はいいらしい。だめなのは殻付きの生牡蠣である。

パリへ行けば必ず一度は立ち寄った「クーポール」のことは、いつぞやカレーライスの話で書いたが、あるとき私がこの店で生牡蠣を食べましょうと提案したところ、

「どうしても食べたいなら、きみは食べろ。だけど、ほどほどにしておけよ」

と、明らかに嫌そうな顔になったものだ。

旅先ことに外国では極端に用心深く、慎重になり、食べる量も「腹八分目」どころか半分ほどに抑えてしまう池波正太郎で、「生ものはあぶない、あぶない」というわけだ。

むろん私は遠慮なしにたっぷり食べさせてもらった。多分、二ダースは食べたろう。

牡蠣はどうやって食べても好きだが、特に目がないのはレモンだけですすり込む生牡蠣だからである。フランス人は牡蠣好きで、だれでも十個、二十個は当たり前だ。かの文豪バルザックに至っては、「オステンデの牡蠣百個をあっという間に平らげた」という記録を残している。

今月の料理番・茂出木雅章は、撮影前夜にアメリカから帰国したばかりで、「完全な

時差ボケだよ……」と、ボヤキながらも仕事の手際《てぎわ》のよさはさすがだった。全米凧《たこ》上げ大会に出かけていたそうである。

どんな新米《しんまい》主婦でも牡蠣フライぐらいは簡単に作るだろうが、プロにはプロのこつというものがある。牡蠣フライにおいては「つけ玉《だま》にちょっと水を加える」こと。

「溶き卵に割り水をするのがオヤジの流儀だった。卵をケチると同時に、パリッと揚がるんだね、水の効果で……」

と、凧狂料理人は説明し、そのあと、だれにともなくつぶやいた。

「懐《なつ》かしいなァ……よくオヤジに怒られていた若い頃を思い出すなァ……」

パン粉に刻んだパセリやチーズ、あるいはバジリコなどを加えるのも悪くないと教わった。レシピ通りに馬鹿《ばか》の一つ覚えでは料理上手にはなれず、ほんのちょっとした工夫や気働きが大事ということである。それならば……と、私は考えた。牡蠣フライのパン粉に唐墨《からすみ》をほぐして混ぜるのはどうだろうか。牡蠣も唐墨も同じ海から来た仲間。案外、これはいけるかもしれない。

せいぜい三、四分で牡蠣フライを完成した茂出木雅章は、

「簡単でしょ、洋食って。それだけに洋食は素材がよくなくちゃだめなんだよ。さてと、

頼もしい三代目、茂出木浩司。

地下鉄の車中で、
何処《どこ》で何を食べるかを考え、
〔R〕で、先《ま》ずウイスキーとカキフライと決めたので、
すぐさま〔R〕へ行く。
カキフライが来て、半分ほど熱いのを食べたところで、
ハヤシライスを注文。

『池波正太郎の銀座日記』〔全〕より

薄切りの牛肉とタマネギを手早くソースで煮て、
これを熱い御飯へかけた一品。
そのハイカラな味わいは、
子供たちを天にものぼるおもいにさせたものだった。
物心がついて、ハヤシライスを何処かで食べたとき、
（世の中に、こんなうまいものがあったのか……）
そうおもったのは、私だけではないだろう。

『むかしの味』より

次はハヤシライスか。これも簡単、簡単」

洋食屋の扉を開けた瞬間、鼻をくすぐる特有のあの匂《にお》いは、思うに主として熱したラードとドミグラスソースの芳香が渾然一如《こんぜんいちによ》となったものである。もうそれだけで腹の虫が鳴き、生つばが湧《わ》いてくる。

ドミグラスソースこそは洋食屋の身上《しんじよう》で、ハヤシライスが洋食屋の金看板となるもならぬも、このソース一つにかかっている。厠狂料理人が「ハヤシライスなんぞ簡単至極」とうそぶくのは、ご自慢のたいめいけん流ドミグラスソースがあるからの話だ。

ドミグラスソースさえきちんと作ってあれば、ビーフシチューもタンシチューも、いわんやハヤシライスなどは確かに簡単である。その代わり、本式にドミグラスソースを作ろうと思うと、これはプロといえども容易ではない。

フランス料理はソース料理といわれるくらいで、帝国ホテル料理長として名を馳《は》せた村上信夫によれば「実に七百種類にも及ぶソースがある」という。しかし、その基本となるものは、たった九種類。その中でも特に重要なものは五種類で、その一つをソース・エスパニョール（俗にブラウン・ソース）という。

このソース・エスパニョールは、他のさまざまなソースの母胎となるところから「ソース・メール」（つまりはソースの母）と呼ばれるほどで、大雑把にいえば、これにマディラかシェリーで香りをつけたものがドミグラスソースに他ならない。

実をいうとこの私は、最も好んでみずから作る煮込みがタンシチューとビーフシチューだから、ドミグラスに関しては結構詳しいのである（雑文製造処・鉢山亭《はちやまてい》を訪れる客に強制して食べさせ、お世辞をいわれては得意になっている。極上のワインをいっしょにふるまうから、みんなほめるわけだ。呵々《かか》）。

私のささやかな経験では、材料の買い出しから仕上がりまで、ドミグラス作りは最低三日、じっくりやって一週間かかる。仕事が詰まって忙しいときに限って作り始めるのは、これが一番のストレス解消法だからのこと。ドミグラスソースに取りかかっているときは仕事のイライラを全部忘れる。

私の結論はそれこそ簡単だ。無理をしてでも飛び切り上等の赤ワインを張り込むこと。ドミグラス作りの要諦《ようてい》はこれに尽きる。料理用と称する安ワインでは絶対にうまいドミグラスソースはできない。逆に、ワインさえよければ（それに多少の根気さえあれば）、こんなものはだれにでも必ずうまくできる。

広辞苑《こうじえん》でハヤシライスを引くと「(hashed meat and rice) 玉葱《たまねぎ》・牛肉などを細かく切っていたため、塩・胡椒《こしょう》で味をつけ、ブラウン・ソースを入れて煮込み、飯の上にかけた洋風料理」とある。作りかたの説明としては正確だが、ハッシュド・ビーフから転じてハヤシライスときめつけているのは如何《いかが》なものか。

ハヤシライスの語源には、もっと面白い説が他にある。和魂洋才というか、和洋折衷というか、日本人はまったく別々のものを一つにして新しいものに生まれ変わらせる天才である。すきやきがその好例だが、ハヤシライスも実はそうだった。

池波正太郎も大好きで通っていた日本橋「丸善」の創業者を早矢仕有的《はやしゆうてき》という。有的は名古屋で医学を学び、江戸で医師を開業したが、思うところあって横浜に赴き、丸善の前身である丸屋商社を興《おこ》した。当時、新しい商売に熱中していた有的は、こまめな人だったらしくて、友人知己が訪ねて来るとすぐさま台所に立ち、ありあわせの肉と野菜類を繊切《せんぎ》りにし、これをゴッタ煮にして飯に添えて出すのがならわしだったそうな。

ハイカラな品を扱う丸善の初代社長らしく、若い頃から西洋料理にも親しんできた有的だから、このゴッタ煮はなかなかの出来映えで、やがて店の小僧さんたちの昼飯にもしばしば登場することになる。いつしかゴッタ煮めしは「早矢仕ライス、ハヤシライス」と呼びならわされるようになり、ついには巷間《こうかん》のレストラン一般のメニューにまで載ることになった……という話である。

まるで嘘《うそ》みたいだが、丸善では「これがハヤシライスのルーツです」と、譲らない。それを信ずるなら、ハヤシライス発祥の地は横浜の小さな商社の社員食堂であったということになる。話としては文句なしにこちらのほうが面白いから、私は有的説を信じている。

師走

ハヤシライス

4人分材料●牛ヒレ肉300g、玉ねぎ1個、マッシュルーム8個、ドミグラスソース3カップ、赤ワイン、ケチャップ適宜、バター、塩・こしょう

❶牛肉は食べやすく薄切りに。玉ねぎはスライスし、マッシュルームは縦4等分に。
❷フライパンにバターを溶かし、玉ねぎ、マッシュルーム、肉の順に炒める。
❸塩・こしょうしてから赤ワインを加え、少々のケチャップをからめる。
❹ドミグラスソースを加えて、中火でしばらく煮る。ご飯にかけて出来上がり。

特製ドミグラスソースの作り方

❶フライパンにサラダ油1カップを熱し、小麦粉2カップを弱火で焦茶色になるまで炒める。
❷玉ねぎ2個、にんじん1本、セロリ1本を乱切りにし、フライパンで炒める。ローリエ、タイム、セージを加えてさらに炒める。
❸深鍋で水6リットルとトマトピューレ2カップを煮立て、❶と❷を加える。
❹煮立ったらアクを取り、弱火にして約3時間コトコト煮る。別鍋に漉し器を置き、野菜を潰しながら漉す。再び煮立ててアクをとり、火を止めて1日おく。
❺牛バラ肉の塊700gを塩・こしょうし、たこ糸で堅く縛る。フライパンに油を熱し、焼き色がつくまで肉を焼く。
❻再び❷の手順で同量の野菜を炒める。あらたな鍋に野菜と❺と白ワイン¼カップを入れ、ふたをして強火で蒸し煮に。
❼❻に❹のソースを加え、煮立ててアクを取り、弱火にして1時間半煮込む。肉は取り出して、ビーフシチュー等に使う。
❽トマトピューレ、白ワイン各1カップ、バター大さじ4、砂糖大さじ1を煮詰めたものを❼に加える。
❾再び別鍋に全てを漉して、強火で煮立ててアクを取り弱火に。赤ワイン、マデイラ酒各1カップを煮切って加える。
❿トマトケチャップ1カップを加えて混ぜ、塩・こしょうで味を調えて出来上がり。

牡蠣フライ

4人分材料●生食用牡蠣28個、卵、小麦粉、パン粉、塩・こしょう、揚げ油

❶牡蠣は布に挟んで水気を取る。塩・こしょうしてから小麦粉をまんべんなくまぶす。
❷溶き卵の中に❶を一度に入れる。卵をからめたら、パン粉をまぶす。
❸人さし指と中指に軽く力を入れて、形を整える。小さなものは2つ一緒に。
❹衣をつけた牡蠣を一度に高温の揚げ油に入れ、箸で返しながらカラッと揚げる。

タルタルソースの作り方

みじん切りの玉ねぎを布にくるみ、もみながら水にさらし堅く絞る。ケイパー、ピクルスとゆで卵もみじん切りに。ボウルでマヨネーズと合わせる。好みでパセリを加えてもよい。

池波正太郎も自分でハヤシライスを作った。『むかしの味』に、こうある。

「ハヤシライスも、むかしの家庭ではうまくつくれなかった。

いまは、缶入りのブラウン・ソースが手に入るから、私でもつくれる。

私がやるときは、牛肉とタマネギをさっと炒《いた》めておいて、ちょっとシェリーをかけてから、温めておいたブラウン・ソースをあけてしまう。これが、もっとも簡単だ」

睦月

ローストビーフを肴《さかな》に
頌《しょう》春《しゅん》のシャンパンを。

二・七キロの肉塊を縛り上げて、
「網タイツみたいじゃない？」

シドニー・スミスという人がいた。一七七一年英国エセックスのウッドフォードに生まれ、本来は牧師だが機智に富む評論で次第に名を挙げ、多くの著作がある。「エジンバラ評論」の創立に協力し、その主筆となり、一八四五年没。

この人物が残した台詞《せりふ》を一つだけ何故《なぜ》か知っていて、それが私のお気に入りである。「人の性格、才能、徳、品性は、その人が食べている牛肉や羊肉、パイ、スープなどによって決定的に左右される」というのだ。

池波正太郎も同じようなことを書いていたと思うのだが、それがどこだったか、どうしても思い出せない。人間、食べて育ったものと生き方は、切っても切れないものよ……というような台詞だった。

睦月《むつき》、「池波正太郎の食卓」にローストビーフを採り上げると決めたのは再現組合の肝煎《きもいり》、土佐松魚《とさのかつお》である。月番の料理人は「たいめいけん」の茂出木雅章だから、当然洋食。洋食で正月らしく多少豪勢な感じがするものといったらこれ、ということだろう。

しかし、私は首をひねった。亡師がローストビーフを食べたという話を読んだ覚えがない。ステーキやすきやきに関してなら、いくらでも引用の好材料がある。それがローストビーフとなると、まったくお手上げである。

「一体、どこに出てくるんだ？」

「自分も一緒に食べているのに、忘れちゃったんですか」

「記憶がない」

「シャンゼリゼのデンマーク館ですよ。思い出しましたか」

それでやっと思い出した。引用文に出てくるSは確かに佐藤隆介で、Yはカメラマン吉岡英隆である。『田園の微風』を読み返しているうちに、遠い昔のあれやこれやが一気に噴き出してきた。たいていは忘れたいことばかりだ。

とくに、このときのフランス旅行は思い出したくない。私にとっては通訳なしの初めての三太夫《さんだゆう》役で、終始みじめなドジの連続だったからである。だからデンマーク館もローストビーフも、その他もろもろとともに、私の記憶の底に封印されていたに違いない。

もともと私はローストビーフに縁が薄く、六十数年人間稼業《かぎょう》をやってきたが、全部あわせても十回と食べていないのではないか。結婚以来、わが家の食卓に登場したことは一度もないと断言できる。

ロースト料理とは要するに「肉の蒸し焼き」である。牛、豚、羊、鶏、あるいは野鳥などの肉を下ごしらえしたのち、専用かまどで鉄串に刺して焙《あぶ》り焼きにするのが正式とされている。しかし、きょう日《び》の都会生活では、専用かまどなんてないのが当たり前。そこで一般にはオーブンで蒸し焼きにしてもロースト料理と認められる。

元来が肉そのものをストレートに賞味する料理だから、材料をよくよく吟味し、鳥類は一羽まるのまま、他の肉は最低でも一キロ以上の塊でないと旨《うま》く焼けない。

「どうです。これなら文句ないでしょう」

と、凧《たこ》狂料理人・茂出木雅章は巨大な肉塊を指差して胸をそらした。すでにきれいに掃除がしてある。まわりの脂《あぶら》や筋をていねいに取り除いたテンダーロイン（いわゆるヒレ）まるごと一本である。話の種に長さを測ったところ四十八センチあった。

牛や豚の頭・内臓・尾・肢端《したん》を取り去った残りの部分を枝肉《えだにく》といい、牛の場合、枝肉は細かく分けると九十六部位になる。かつて神戸ビーフの専門家に話を聞いたことがあり、そのとき教わったことである。

ロースは背中の筋肉部分をいう名称で、肩に近い部分が肩ロース、それに続く最も厚みのあるところがリブロース、そのうしろがサーロインとなる。テンダーロインはサーロインの内側にある細長い部分で、牛一頭の重量のわずか三パーセントほどしかとれないから、値段も当然ながら一番高い。

普通、ローストビーフに使うのはリブロースと聞いていたが、厖狂料理人は何故テンダーロインを選んだか。思うに、きめが細かく、非常に柔らかく、脂肪が少なくてあっさりした味……という肉質もさることながら、

「正月の池波先生の食卓ともなれば、やはり稀少《きしょう》価値のある最高級部位でなくては申しわけないでしょう」

ということであったに相違ない。

これだけ大きくて立派な肉塊を形よく焼き上げるには、まず厖糸で縦横にきっちり縛る必要がある。先代・茂出木心護の遺志を継いで「日本の厖の会」会長を務める料理人だけに、さすが厖糸の扱いは手慣れたものだ。あっという間に見事に縛り上げてしまった。

ローストビーフといえば昔からジョン・ブルの食卓の象徴である。英国人にとって何よりのご馳走《ちそう》といえばローストビーフで、日曜日のディナー（といっても夜ではなく、昼の正餐《せいさん》）では家長たる父親がこれを切り分けるのが決まりだった。小説や映画によく

そういうシーンが出てくる。

ロンドンにローストビーフで名高いシンプソンズという店がある。いまどうなっているか知らないが、私が初めてヨーロッパ旅行をした三十余年前には確かにあった。結構大きなレストランで、ローストビーフ専門のコーナーがあり、その一劃《いっかく》だけは（あのときの私の記憶では）女性客を立ち入らせない。

理由はよくわからないが、それがヴィクトリア朝以来のしきたりということだった。肝腎《かんじん》なローストビーフの味については、期待が大き過ぎたせいか、（何だ、この程度のものか……）と思ったものだ。

ローストビーフには必ずグレービー（焼き汁）ソースとホースラディッシュ（西洋山葵《わさび》）、それにヨークシャープディングなるものを添えるのが英国式の約束事である。後にも先にもあのとき一回しか口にしたことはないが、ローストビーフの焼き汁を入れて焼いたあのプディングは私の好みではない。大阪人のいう〝粉もん〟の類《たぐい》はすべて嫌いなのだ。ついでにいうとホースラディッシュも嫌いである。あんなもの、山葵とは「月とスッポン」で、西洋山葵ということばも承服しかねる。その風味は山葵の足許《あしもと》にも及ばない。

凧狂料理人が焼き上げたローストビーフは、田の字が写真を撮った後で試食させてもらった。私が生まれてこのかた食べた至高のローストビーフは、ナベサダ（渡辺貞夫）

午後も遅くなってから、シャンゼリゼへ出た私は、
凱旋門《がいせんもん》の傍のデンマーク館へSとYを案内し、みがき立てたように清潔な食堂で、
新鮮な魚介や、玉ねぎをそえたロースト・ビーフの
スモーガスボードをたのしんだ。
値段は、ちょっと張るが、何しろ旨い。
このあたりのカフェ・レストランへ入るよりは、ずっとよい。
「どうだい。映画を観《み》ようか」
シャンゼリゼの大通りをわたりながら、私はいった。
『田園の微風』より

アルデンヌの川で獲《と》れた川鱒《かわます》のバター・ソース、鮃《ひらめ》のザリガニ・ソース。

妻はスコットランドの鮭《さけ》のムニエルにした。

なるほど、此処《ここ》からイギリスまでは、わずかな距離なのである。

デザートは冷たいスフレにした。(中略)

夜に入った森の中を抜けて帰る車の中で、私はモウコに、

「よかったね」

「よかったです」

「明日の夕飯も、ヴィラ・ロレーヌにしよう」

『ドンレミイの雨』より

夫人のそれだったが、今回の「池波正太郎に捧《ささ》げる祝膳《しゅくぜん》のローストビーフ」は、ついに二十年振りで一位の座を奪い取ったかもしれない。

「ローストビーフに添えるのは、英国式のヨークシャープディングよりも、冷たいスフレがいいわ……」と、強硬に主張したのは佐和の字だった。大の甘党でもあった池波正太郎には、なるほど、そのほうがぴったりくる。

六本木の「ムスタッシュ」なる店で若い友人たちと酒飯する話が『食卓のつぶやき』にある。この夜、亡師が食したるもの、左記の如《ごと》し。

＊まず、鶏のテリーヌ、車海老《くるまえび》と帆立貝の燻製《くんせい》。

＊次に、クレソンのポタージュ。

＊それから車海老のチーズ・ソース。

＊さらにブルギニヨン（としか記してないが、ブフ・ブルギニヨンのことだろう）の黒いソース。

＊ようやくデザートになって、大きなスフレ三種（チョコレート、レモン、コアントロー）。若い友人たちが「うわ……食べきれるかな」と眼をむく中で、ご当人は「スフレはいつの間にか腹中へおさまってしまうものだ」と、悠然たるものだ。

＊そのあとコーヒーと苺《いちご》のアイスクリーム。

亡師を偲《しの》んで私もほんのひとくちだけ、冷たいショコラのスフレを味見した。

（これなら、たまには食べてもいいかな……）

と、思ったのは、多分、仕上げにたっぷりかけたワインソースのせいだったに違いない。しかし、もう二度と食べることはないだろう。

最後に二つの事実をここに暴露する。そもそもたいめいけんのメニューにスフレは存在せず爪狂料理人は一度もスフレを焼いたことがない。それが見事にできたのは、毎回助手を務める樋川脩一がもともとケーキ職人だったからである。もう一つの事実とは、彼がおみやげにと別に焼き上げた巨大なスフレ（四人用）を佐和の字が持ち帰り、

「亭主にもやらず一人で全部食べちゃった！」

睦月

冷たいスフレ

材料●卵2個、無塩バター60g、牛乳100cc、ココア8g、薄力粉20g、グラニュー糖40g

❶バターとグラニュー糖の半量（20g）を泡立て器で白っぽくなるまで混ぜる。卵黄、ココア、薄力粉も順に合わせていく。

❷沸騰直前まで温めた牛乳を少しずつ❶に加えてなめらかにし、手鍋に移して弱火でとろみがつくまで温める。

❸卵白に残りの砂糖（20g）を加えてメレンゲを作る。泡立て器で角が立つくらいまでしっかりと泡立てる。

❹❷と❸を均一になるようにさっくりと合わせる。これを好みの型に入れて、150℃のオーブンで20分焼く。

❺型のまま常温で冷まし、食べる少し前に冷蔵庫で冷やしておく。アングレーズソースとワインソースで綺麗に飾る。

ソースの作り方

アングレーズソースは卵黄、牛乳、グラニュー糖をよく混ぜて弱火にかけ、ゆっくりかき回しながらとろみをつける。ワインソースは、シェリーと赤ワインを4：1の割で合わせる。

ローストビーフ

材料●牛ヒレ肉（塊）2.7kg、玉ねぎ1個、セロリ1本、にんじん1本、ホースラディッシュ、ベーコン、プチ・オニオン、クレソン、ブイヨン、塩・こしょう

❶ヒレ肉は筋を取り、たこ糸で縛る。フライパンに油を熱し、塩・こしょうした肉を入れ、焦げ目をつける。

❷玉ねぎ、にんじん、セロリをスライスして、肉を包むように天板に敷く。きれいに焼けるよう上から油をかける。

❸200～220℃のオーブンで小1時間ほど焼く。途中で3回くらい油をすくって、上からかけまわす。

❹肉から糸をはずして切りわけ、摺り下ろしたホースラディッシュをのせる。ベーコンと共にブイヨンで煮たプチ・オニオンと、クレソンを添え、グレービーソースをかける。

グレービーソースの作り方

肉を取り出した後、肉汁と野菜の残った天板へブイヨンを注ぎ、火にかけて煮立てる。これを漉して、油をすくって取り除き、塩・こしょうで調味して出来上がり。

❶

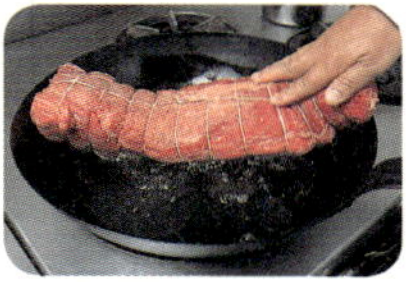

❷

ラーメンとはそも何ぞや。
和食の最高傑作である。

如月

信州上田に「池波正太郎　真田《さなだ》太平記館」が誕生した。開館初日の平成十年十一月二十三日、われわれ「池波正太郎の食卓」再現組合も雁首《がんくび》をそろえて、朝十時に始まるオープニング・セレモニーに参列した。

真田騎馬隊の出立《いでたち》も凛々《りり》しい男女一組の武者がそれぞれ黒馬、白馬にまたがり、上田城からテープカットに用いる鋏《はさみ》を運んでくる……という趣向で、館前には上田のお歴々が正装で立ち並び、われわれは詰めかけた観衆にまじって、早馬の到着を待ちかまえていた。

ところが……である。

「早馬が駆けつけてまいります。早馬が……」のアナウンスばかりで、待てど暮せど馬が来ない。これには笑ってしまった。

「段取りが悪すぎる……」

と、池波正太郎がそこにいたら、苦り切ってつぶやいたに違いない。しかし、駅前大通りを蹄《ひづめ》の音も高らかに、二頭が悠然とやってきたのはかえってよかった。それより私は、鋏が今様《いまよう》の洋鋏だったのが気に入らなかった。

池波正太郎　真田太平記館は建物といい、展示内容といい、大したものである。真田藩の隠密《おんみつ》騒動に材をとった『錯乱』で直木賞を受賞し、『真田太平記』という大河小説を遺《のこ》した池波正太郎にとっては、信州上田はいわばもう一つのふるさと。ここにこういう記念館ができたのは、まことにうれしい限りだ。

館内の多目的ホールではオープン特別展として「池波正太郎自筆画展」が開かれ、『剣客商売 庖丁《ほうちょう》ごよみ』のために亡師が筆をふるった季節の魚菜の原画と、自筆の生原稿が展示してあった。この『庖丁ごよみ』の料理を一手に担当した近藤文夫と、写真の「田の字」は、思いなしかここで胸を詰まらせているようだった（白状すれば私も同じだったが）。

上田へ旅をしたら、駅から遠くない「刀屋」という蕎麦《そば》屋へ立ち寄るのが池波正太郎のならわしとなっていた。『むかしの味』の「信州蕎麦」の章に、こうある。

——刀屋へ入って、たとえば、鶏とネギを煮合わせた鉢や、チラシと呼ぶ天麩羅《てんぷら》などで先《ま》ず酒をのむ。信濃《しなの》独特の漬物もたっぷりと出してもらう。

客が混み合わぬ時間をねらって、ゆっくりとたのしむ気分は何ともいえない。（中略）

そして、大根オロシとネギが、たっぷりとそえられた名物の大もり蕎麦。——

当然、われわれも刀屋へ繰り込み、チラシと漬物で酒を飲み、然《しか》るのちに名物大もり蕎麦を手繰《たぐ》らねばならぬ。

というわけで一同走るようにして駆けつけたのだが、開店前から行列ができているという店である。しばらくは外で並び、やっと入れてはもらったものの、とても「ゆっくりとたのしむ」どころではない。何しろ二階座敷から見おろすたびに、外の行列は長くなるばかり。それでもしぶとく粘って予定のコースを完走し、大盛り蕎麦に身動きもならぬ状態になった途端に、体《てい》よく追い出された。

新幹線上田駅から東京駅まで、デッキに鮨詰《すしづ》めの立ちっ放しで煙草《たばこ》一本吸えなかったのは、バチが当たったということだろう。確かに池波正太郎は「客が混み合わぬ時間をねらって」と、ちゃんと明記している。蕎麦屋も旅も、時間と日にちを選ばないと、こういう目に遭う。

さて……。

今回の「池波正太郎の食卓」は、ラーメンが主題であって、蕎麦ではない。蕎麦については小説でもエッセイでも、随分あちこちで書いている池波正太郎であるが、ラーメンの話はあまり出てこない。十年ばかり「通いの書生」のようなことをさせてもらった私だが、いま思い返してもラーメンを一緒にすすった記憶はない。中華料理屋ではラーメンでなく、もっぱら焼きそばをつまみに酒を飲んだ覚えがある。『池波正太郎の銀座日記』にも、ラーメンという単語はめったに出てこない。

洋食屋が作る和食の最高傑作とは。

わが師・長谷《はせ》川伸《がわしん》が、
「むかし、ぼくがハマで労働やってたとき、
南京《ナンキン》町へ行ってラウメンを食べるんだが……
すこし金があると、シューマイを食べる」
師の口調は〔ラーメン〕ではなく、
あくまでも〔ラウメン〕なのである。

『食卓の情景』より

作家は旅先にも
小さな楊枝入れを携帯していた。

夕方、路上で、石焼き芋を売る人が、
「来年から、もう、来られなくなりました」
と、いう。故郷の新潟へ帰るのだという。
このほかに、冬になると、古風なチャルメラを吹き、
ながして来るラーメン屋があって、
遠くから近寄って来るチャルメラの音をきくと、
家人が丼を持って駆けて行った。
これも、いまは来ない。

『池波正太郎の銀座日記〔全〕』より

やっと見つけた「五黄《ごおう》の年回《としまわ》り」の×月×日は、こんな具合だ。

——それでも気力を出して神田の〔Y〕へ行き、上海《シャンハイ》風やきそばにシューマイで、ビールを半分ほどのむ。

いくらか元気が出たので、帰宅してからサンケイ新聞五回分を一気に書く。これで、新聞連載は全部完了。ホッとする。

気分がのんびりしてきたので、八年前にフランスで描《か》いておいたル・アーブル港のスケッチを取り出し、グァッシュで描く。

夜ふけに、みやげに買ってきた〔Y〕のシューマイ一個をパックのラーメンへ入れて食べる。——

この日、「それでも気力を出して……」と書いているのは、春の彼岸すぎだというのに滅法寒い日で、早起きして午前中に一仕事かたづけたのち思い切って出かけた試写が、まったく期待はずれの駄作だった、おまけに外へ出たら雨でうんざり……ということである。

池波正太郎が夜ふけに食べるラーメンは、むろん、自分で作るのだ。それが「パックのラーメン」(変哲もない市販の即席ラーメンのことだろう)であるのは当たり前として、私が胸を衝《つ》かれるのは、「みやげに買ってきた〔Y〕のシューマイ一個」を入れる、というところである。

名著『男のリズム』に、亡師は「食べる」ということについて、こう書いている。

——客に招《よ》ばれたとき、客を招ぶとき以外にはあまり贅沢《ぜいたく》はしていない。

しかし、小間切れ肉をつかうときでも、私なりに、

（念には念を入れて……）

食べているつもりだ。

死ぬるために食うのだから、念を入れなくてはならないのである。

なるべく、

（うまく死にたい……）

からこそ、日々、口に入れるものへ念をかけるのである。——

こういう池波正太郎だから、たとえ寸秒を惜しむ徹夜仕事の合い間のラーメン一杯であろうとも、ただ空《す》きっ腹《ぱら》を満たせばそれでいいとは考えない。

多分、神田の［Y］は「揚子江飯店」だろうと思い、そのシューマイ一個を入れたラーメンの味はどんなものだったろうか、と私は思う。「死ぬるために食うのだから、念を入れなくてはならない」という、こういう人を本物の〝食道楽〟というのだ。私はそう思っている。命がけでやるのでなければ道楽とはいえない。

ラーメンは所詮《しょせん》、ラーメン。しかし、カレーライスと同じで、何故《なぜ》かときたま無性に食いたくなる不思議な食いものである。パリやロンドンの盛り場でさえラーメン屋が結

構繁盛《はんじょう》している。日本を離れた日本人にとって、これが最も懐《なつ》かしい日本の味だからに他ならない。そのルーツが中国にあるのは間違いないだろうが、ラーメンは和食である。和食の見事な傑作の一つである。

洋食で名代の「たいめいけん」でさえ、メニューにラーメンがある。洋風ラーメンと銘打ってはいるが、むしろ古典的な支那そばに近い。

「これは戦後になってからです。この界隈《かいわい》にはラーメン屋のちゃんとしたのがなかったものでね……親父《おやじ》が自分で食べたかったんでしょうね」

と、たいめいけん二代目の凧《たこ》狂料理人は証言した。

ラーメンにはチャーシューの一枚が欠かせない。近頃、ラーメンも地方ごとに特色を競うようになって、醬油《しょうゆ》味、味噌《みそ》味、塩味があり、出しのとり方も具も多彩だが、チャーシューがラーメンの一象徴であることに変わりはない。

池波正太郎ほどの食道楽ともなると、夜食のラーメンに入れるチャーシューは、いうまでもなく「自家製」である。『池波正太郎の銀座日記』には、「今夜は、手製のチャーシュウをつくらせる」とか、「きょうは第一食が手製のチャーシュウをつかった炒飯《チャーハン》。二食がロール・キャベツにパン一枚」などというくだりがある。

池波家の「手製チャーシュウ」がどういうものだったかを、豊子夫人に聞いた。いくつになっても早熟の文学少女のような雰囲気が変わらない池波豊子は、はにかむような

如月

しなちく

材料●水煮メンマ500g、醤油90cc、ザラメ60g、酒30cc、水3カップ、チャーシューの漬け汁

❶鍋にメンマを入れ、醤油、ザラメ、酒、水を加えて中火で30〜40分煮る。
❷チャーシューの漬け汁を加えて再び軽く煮て、味をしませて出来上がり。

チャーシュー

材料●豚もも肉350g、醤油200cc、酒100cc、ザラメ30g、生姜25g、水50cc、食紅(好みで)

❶ボウルに肉以外の材料を合わせ、この中に豚肉をひと晩漬け込む。
❷豚肉を漬け汁ごとオーブンに入れ、中温で30〜40分焼き、中まで火を通す。ホイルをかぶせると焦がさずに焼ける。
❸オーブンから出し、冷めたら好みの厚さに切る。漬け汁はしなちくに使うので取って置くこと。

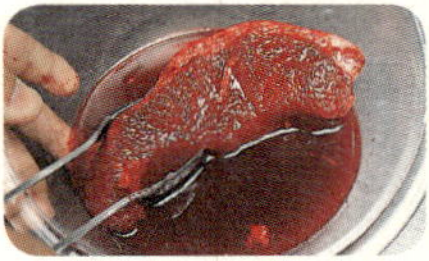

ラーメン

1人分材料●中華麺1玉、ラーメンスープ300cc、醤油35cc、旨味調味料適宜、絹さや2枚、長ねぎ(白い部分)適宜、しなちく、チャーシュー

中華麺を約2分湯がく。温めた丼の中に醤油、刻んだねぎ、スープ、好みで旨味調味料を加える。すばやく麺を入れて、しなちくとチャーシュー、湯がいた絹さやを添えて出来上がり。

ラーメンスープの作り方

材料●若鶏ガラ2羽分、豚骨1kg、玉ねぎ1個、にんじん100g、長ねぎ(青い部分)1本分、生姜1片、にんにく1片、干椎茸4枚、昆布5センチ角、スルメ適宜、リンゴ1個、じゃがいも1個、煮干し5〜6尾、水4.5リットル

❶煮干し、スルメ、昆布、干椎茸は2時間前から水で戻しておく。
❷鍋に豚骨、鶏ガラと水を入れて火にかけ、沸騰したら火を弱めてアクをとる。
❸❷の鍋に❶を水ごと入れ、材料の野菜類と共に、常に沸騰しているような火加減で2時間くらい煮続ける。

口調で、その作り方を説明した。

「うちのチャーシューなんて、素人《しろうと》流ですからね。使うのは豚の三枚肉《ばらにく》で、葱《ねぎ》の青いところと生姜《しょうが》を入れて、お醬油とお酒で煮るだけよ……」

それを聞いて、私はすっかりうれしくなってしまった。わが鉢山亭の常備菜であるそれと作り方が完全に同じだ。うちでは（焼かないから）単純明快に「煮豚《にぶた》」と称している。ただ、拙亭ではにんにくも丸ごといくつか抛《ほう》り込む。豚バラを煮込んだ汁で、ゆで卵も煮ておくのが拙亭流である。この煮卵で酒が飲める。葱の青いところがトロトロになりかかっているのをつまみながら紹興酒をやるのも悪くない。

お料理110番

今月のテーマが「ハンバーグと白いシチュー」に決まったとき、正直いって私はがっくりきた。世の中の食いもののなかで何が嫌いかといって、ハンバーグぐらい好きになれないものはなく、これがハンバーガーとなったら絶対口にしない。

芋と南瓜《かぼちゃ》も嫌いだが、これは何故《なぜ》嫌いなのか自分で理由がわかっている。敗戦直後の食糧難時代に米の代わりに食べさせられた、その恨みからである。あのとき、もう一生の分の芋南瓜を食べた、もうたくさんだという思いがある。

しかし、ハンバーグについては自分でも理由がわからない。牛肉はむろん好きだし、挽《ひき》肉《にく》が嫌いというのでもない。同じ牛挽肉でもメンチカツやタルタルステーキなら逆に大好物である。それでいてハンバーグだけを敵視するのは筋が通らないといわれれば、まさに筋が通らない話だ。

たまたま今朝、見るともなく見ていたテレビが「幼稚園児に聞いた好きな食べものベスト・ファイブ」をリポートしていた。それによると堂々の第一位がハンバーグである。二位以下は唐揚げ、コロッケ、エビフライと続き、ちょうどそこで山の神が何かいったので、五番目が何だったかは聞きそこなった。

小さな子供たちがハンバーグ大好きというのはわかる。目刺しと違ってホロ苦さがない。鯵《あじ》の開きと違って骨の苦労がない。何といっても肉である。それも挽肉だからしっかり噛《か》まなくても食べられる。箸遣《はしづか》いがおぼつかなくてもハンバーグなら何とか口に運ぶことができるし、フォーク一本でもこと足りる。

考えれば考えるほどハンバーグは幼児食に向いている。私はそこが気に入らないのかもしれない。いい大人がそんなチビっ子用の食いものなんて見っともなくて……という心理が私のどこかに働いているに違いない。

わが家でも息子二人が子供の頃は、山妻がよくハンバーグをこしらえていた。そういうときでも亭主にはメンチカツである。どちらもほぼ同じ材料で、焼くか揚げるかだけの違い。だから大した手間ではなかろうと亭主はうそぶいていたが、女房がブツブツいわなかったためしはない。

「どうしてハンバーグじゃだめで、メンチカツでなきゃいけないのかしらねェ……」

伜《せがれ》どもがいなくなったいまでも、ときどきかみさんが材料一式を買い込んできて、大量にハンバーグダネを作っては冷凍庫に入れている。自分用でもなければ、たまに帰ってくる息子用でもない。これは三四郎のためである。

三四郎は十五歳になった牡《おす》の柴犬で、人間ならそろそろ古稀《こき》か喜寿かという年寄りだ。わが家では家長たる私を抜いて最長老ということになる。それでいて知能程度はせいぜい幼稚園児なみ。当然、ハンバーグが大好きだ。そのためのハンバーグだから、これには玉葱《たまねぎ》を入れない。葱や玉葱の類《たぐい》は犬の健康によくないと獣医にいわれているからである。

ハンバーグとは、畢竟《ひっきょう》、拙宅においてはこういうものである。「たいめいけん」に向かう私の足どりがいささか重くなったとしても無理はなかろう。まァ、ハンバーガーでないだけまだよかったが……。

一応、例によって一夜漬けの下調べはした。ハンバーグという呼び名からわかる通り、これはもともとドイツのハンブルクが発祥の地だ。ハンブルク港は古くからバルト海沿岸諸国との往来が盛んで、タルタルつまりタタール（韃靼《だったん》）の料理である「牛の生肉を細かく刻んで卵と玉葱を添えてそのまま食べる」という方法も古くから伝わっていた。

やがて、生もいいがこれを焼いてもまたうまいということになって、ハンブルク風の牛挽肉焼きが誕生した。十九世紀後半、ドイツから大量の移民が新大陸へ渡ったとき、これも一緒にアメリカへ伝えられ、ハンバーグステーキとして定着する。

ハンバーグステーキがハンバーガーに進化（？）したのは二十世紀に入ってからのことである。一九〇四年、セントルイスで世界博覧会が開催されたとき、大量の観客をさばくため窮余《きゅうよ》の一策としてパンにハンバーグステーキを挟み、いわゆるフィンガーフード（手づかみで食べられるもの）の形で売り出した。これがハンバーガーの始まりで、最初は「手袋つき」で売ったというのが面白い。

こうして生まれたハンバーガーは、よほどアメリカ人のライフスタイルに合っていたらしく、フィンガーフードとしては先輩格のホットドッグをもしのいで、一九三〇年代の終わり頃には押しも押されもしない「アメリカ人の国民食」になる。

せっかく勉強したからついでに書いておくと、アメリカのハンバーガーは厳密に四つのランクに分類されている。一番下が工場で大量生産された規格品で、注文すれば一分で出てくるファーストフード。その上が量産品ながら質・量共に幾分グレードが高いチエーン物。家族的なパパママショップの手作りバーガーがその上にあり、一番上が「ハンバーガーレストラン」で、ここにはナイフとフォークがあり、ちゃんとしたサービスがあり、むろん味も最上級……という話だ。

この日、「たいめいけん」主人は上機嫌だった。理由を尋《き》くと、自分の腹を指さして、

「どう、へっこんだでしょう。八十五キロになったんだ」

「最盛期には……？」

「九十二キロ。それを半年かけてここまで減量したんだ。随分努力したからね……」

「どんなふうに？」

「食べる量を意識的に抑えて、毎日せっせと体重計に乗って」

「酒もやめたんですか」

「酒はやめない。昨日も盛大に飲んだ」

凧《たこ》狂料理人・茂出木雅章が作るプロのハンバーグと、家庭で主婦が作るそれとの決定的な違いは、多分、酒の使い方である。焼き上がってフライパンにたまった黒ずんだ油を捨てた後、プロはたっぷり白ワインを注ぎかけて肉全体をリンスし、それから豪快にフランベしてアルコール分を飛ばす。うちで女房が倅どものためにそんな洒落《しゃれ》たまねをするのは一度も見た覚えがない。

撮影後に試食した三名（田の字、松魚《かつお》、佐和の字）は口を揃《そろ》えて「やっぱり、うちで食べるのとは違う」と、当たり前のことを感心していた。私は食べなかったから「蚊帳《かや》の外」である。

ここ二十年間で私が食べた最初で最後のハンバーグステーキは、横浜元町にある「キャプテン」のそれだ。荏原《えばら》の池波邸を訪ね、近いうちに横浜へ行く用事があるので昼飯

〔キャプテン〕は、
いかにも戦前の横浜のレストランを想わせる、
飾り気のない居心地のよい店で、
二階にも席があるが、カウンターの前へ坐《すわ》ると、
コックたちの気合のかかった仕事ぶりを見ることができる。（中略）
ことに、この店の、独自のハンバーグステーキは、
他の店のハンバーグとは、いささかちがう。
どこがちがうかというと、
それは食べてみなくてはわからない。

『食卓のつぶやき』より

夜食のそぼろご飯を詰めたお重。

帰りは雨の中を江戸川橋から神楽坂《かぐらざか》まで歩く。
このあたりは若いころに半年ほど暮したことがあって、
なつかしくもあり、
あまりにも無残に変り果てた町の姿におどろきもした。
神楽坂で熱いコーヒーをのんでから、
タクシーを拾って帰る。
帰宅してから、豚の白いシチューで御飯一杯。
もう春だというのに、今夜も冷える。
雨は、明け方となって雪に変る。

『池波正太郎の銀座日記』〔全〕より

にいい所を教えてくださいと頼むと、先生言下に、

「元町のキャプテンでハンバーグを食べろ」

「ハンバーグ……ですか」

「ま、だまされたと思って行ってみろよ」

こうなったら、いくら嫌いなハンバーグでも食べないわけにいかない。聞かなきゃよかったと思いつつキャプテンへ行き、幸か不幸か「本日はできます」というハンバーグステーキを食べ、仰天して帰って来た。本来はステーキの店で、ハンバーグは普段は出していないのである。

池波正太郎自身が『食卓のつぶやき』のなかで、「どこがちがうかというと、それは食べてみなくてはわからない」と書いていることだから、私も「何故仰天したかというと、それは行ってみなくてはわからない」と書いておこう。

横浜から戻ったその晩、さっそく荏原へ電話で報告をすると、先生大喜びで、

「そうだろう。おれのいった通りだろう。あそこのハンバーグステーキだけは他店《よそ》と違うんだよ」

まるで自分がキャプテンの料理人でもあるかのような大威張りだった。確かにキャプテンのあのハンバーグだけはまた食べてもいいと、あのとき思ったが、結局それっきりである。

「たいめいけん」での、この日のもう一品、白いシチューについては大いに得るところがあった。タンシチューとビーフシチューに関しては相当な自信を持っている私だが、ホワイトシチューはどうも苦手である。何回やっても、こればかりはうまくできたことがない。

それが「牛乳に小麦粉を溶いて漉《こ》しておく」ということを知らなかったためとわかった。これならダマになったり、焦《こ》げつかせたりという心配がないわけだ。

話は変わるが、「たいめいけん」では、先代の頃から「お料理110番」という電話料理相談を続けている。平日の午後二時から五時までが受付時間で、ちょうど私がいるときにも電話がかかってきた。それが何と「酒まんじゅうはどうやって作るの」である。ケーキのことなら爪狂料理人の助手・樋川脩一の得意分野だが、さすがに酒まんじゅうとなるとお手上げのようで、

「あとで、こちらから電話をかけなおします」

それを横で聞いていた「たいめいけん」主人はいった。

「大丈夫。ぼくが前に調べた資料があるよ」

流石《さすが》、天下のたいめいけん。

弥生

クリームシチュー

4人分材料●鶏もも肉1枚、玉ねぎ¼個、にんじん½本、じゃがいも½個、大根10センチ、セロリ½本、プチ・オニオン4個、にんにく½片、ブロッコリー½株、ベーコン1枚、バター35g、小麦粉60g、牛乳2カップ、ブイヨン3カップ、白ワイン少々、ローリエ1枚

❶玉ねぎはみじん切り、にんにくはスライス、大根・にんじんはいちょう切り、じゃがいもはくし形に、セロリ・鶏肉は一口大にしておく。
❷鍋にバターを溶かし、刻んだベーコンと鶏肉を炒める。玉ねぎとにんにく、ローリエを加え、白ワインを振ってさらに炒める。
❸❷にブイヨンとブロッコリー以外の野菜を入れ、全ての具に火が通るまで弱火で煮込む。
❹牛乳に小麦粉を溶いて漉し、❸に加える。とろみがつくまでゆっくりと掻き回し、最後に下茹でしたブロッコリーを入れる。

ハンバーグステーキ

4人分材料●牛挽肉400g、玉ねぎ1個、卵黄2個、パン粉½カップ、生クリーム大さじ2、塩・こしょう少々、白ワイン適宜

❶ボウルに挽肉、みじんにして炒めた玉ねぎ、卵黄、パン粉、生クリーム、塩・こしょう少々を合せて粘りが出るまで混ぜる。
❷❶を小判形に整え、油を熱したフライパンで中火で焼く。焦げ目をつけて裏返し、ふたをし弱火にして火を通す。
❸真ん中を押して弾力があれば焼けている。余分な油を捨ててから白ワインを振り、強火でアルコールを飛ばす。
❹仕上げにドミグラスソースをかけて出来上がり。にんじんのグラッセとプチ・オニオンのブイヨン煮を添える。

※ドミグラスソース(221ページ参照)
※にんじんのグラッセ(212ページ参照)

❸

❹プチ・オニオンのブイヨン煮

茂出木雅章（もでぎまさあき）
一九三九年東京生まれ
「たいめいけん」店主
大学卒業と同時に、父・心護が昭和六年に開いた
洋食屋「たいめいけん」に入店
コック見習からサービスまでをきびしく仕込まれ
一九七八年、「たいめいけん」二代目主人を継ぐ

洋食の料理人

「たいめいけん」
〒103－0027
東京都中央区日本橋1－12－10
☎03－3271－2464

文庫版あとがき

気に入らないものが出て来たら、お膳《ぜん》をひっくり返せ。そうでなかったら一生うまいものは食えないぞ。

池波正太郎ならではのその台詞《せりふ》は、私の生涯の座右の銘となっている。「食べる」ということに対して、これほど真剣だった人を私は他に知らない。

池波正太郎は世にいう〝食通〟とか〝グルメ〟とは違う。金に飽かせて贅沢《ぜいたく》な美味を追い求めることは決してなかった。その代わり、日々の一食一食を、それがたとえ夜食のラーメン一杯でも、どうすれば本当に（ああ、うまいなあ……）と思えるものになるかを大真面目《まじめ》に考えぬいて、実行した。

こういう人を本物の〝食道楽〟というのだと私は思っている。池波正太郎はすべての一食を死ぬ気で食べていた。

そういう稀有《けう》な作家の、てらいのない食世界を再現した本は、私が思うに、この一冊の他にはない。

平成十六年二月

佐藤隆介

本書は平成十三年四月新潮社より刊行された。
（初出、「小説新潮」平成十年五月号〜平成十二年四月号）

池《いけ》波《なみ》正《しよう》太《た》郎《ろう》の食《しよく》卓《たく》

新潮文庫　い－17－51

平成十六年四月一日発行

著者　佐《さ》藤《とう》隆《りゅう》介《すけ》
近《こん》藤《どう》文《ふみ》夫《お》
茂《も》出《で》木《ぎ》雅《まさ》章《あき》

発行者　佐藤隆信

発行所　株式会社 新潮社

郵便番号　一六二―八七一一
東京都新宿区矢来町七一
電話　編集部(〇三)三二六六―五四四〇
読者係(〇三)三二六六―五一一一
http://www.shinchosha.co.jp

価格はカバーに表示してあります。

乱丁・落丁本は、ご面倒ですが小社読者係宛ご送付ください。送料小社負担にてお取替えいたします。

印刷・大日本印刷株式会社　製本・加藤製本株式会社

ISBN4-10-145321-7 C0195